衛斯理小說典藏版 75

廢墟

新之又新的序言，最新的

衛斯理小説從第一次出版至今，歷時已近半世紀，總共出了多少正版，還能計得清，若是連盜版一起算，那就算找外星人來算，也算勿清楚哉！不知能不能也算世界紀錄。

算得清好，算勿清也好，能幾十年來不斷出新版，説明不斷有讀者加入，對作者來説，沒有更值得高興的事了，謝謝所有喜歡衛斯理的人，謝謝謝謝。

倪匡

二〇二〇年六月四日 香港

幾句話

寫了四十多年小說，論者將拙作分為三個時期：早、中、晚。在明窗出版的一批，屬於早期和中期的上半。三個時期的創作風格有相當程度的不同，所以風評不一。本人並無偏愛，但讀友對早期的作品，頗有好評，大抵是由於在早、中期作品之中，主要人物精力充沛，活力無窮，所以使故事曲折多變，小說也就格外吸引。明窗出版社此次重新出版這批作品，正好讓大家來證明這一點。

四十餘年來，新舊讀友不絕，若因此而能有新讀友，不亦快哉！

二〇〇五年十一月六日

序言

廢墟，是一個使人相當傷感的名詞，可以有很多的聯想。一個地方，一處所在，原來就是荒蕪的，那不叫廢墟，一定要曾經輝煌過，曾經繁華過，曾經閃耀過，曾經美好過，而由於種種可測或不可測的原因，輝煌不再，繁華消失，閃耀逝去，美好隱沒，這個所在，才能被稱為廢墟。

有萬千種原因可以使廢墟形成，但大抵可以分成兩種力量，一種是自然的，一種是人為的。

自然的力量之中，包括了各種自然災難，風雷水電地震氣候變化時間遷移，等等。有一說，說是地球上早已有高度文明，但冰河時期一來臨，一切也就煙消雲散，整個地球，都成了廢墟。

就算沒有任何急驟襲到的破壞力量，時間的侵蝕也是廢墟形成的主因，一百年一千年一萬年可以維持原來的樣子，十萬年百萬年千萬年呢？

人為的力量種類更多，兵燹形成無數廢墟，大量人聚居的地方，忽然大家都離去了，也形成廢墟，聳立在羅馬只剩下一半的大建築廢墟還在掙扎着，在數以噸計的炸藥下，幾十層高樓可以在一分鐘之內就成為廢墟。中國歷史上有「覆壓三百餘里，隔離天日」的阿房宮毀於一柄大火，近代戰爭史中有廣島長崎在原子彈爆炸之後成了瓦礫堆。

廢墟是數不盡的，但不論是什麼樣的廢墟，大或小，可以載入史籍或只是一個無人注意的邊緣小村，所有的廢墟都會給人以一種蒼蒼茫茫，恍恍惚惚的感覺：過去的一切，都到哪裏去了呢？

過去的一切，自然都不存在了，可是又確確實實曾經存在過。於是，每一個廢墟，都有着它自己的故事，每一個故事都不同，就像是每一個人的生命歷程都不相同一樣。

用「廢墟」這樣的題目，可以寫出上千個上萬個故事來，但自然，這裏寫的，只是一個故事。

衛斯理（倪匡）

目錄

第一部

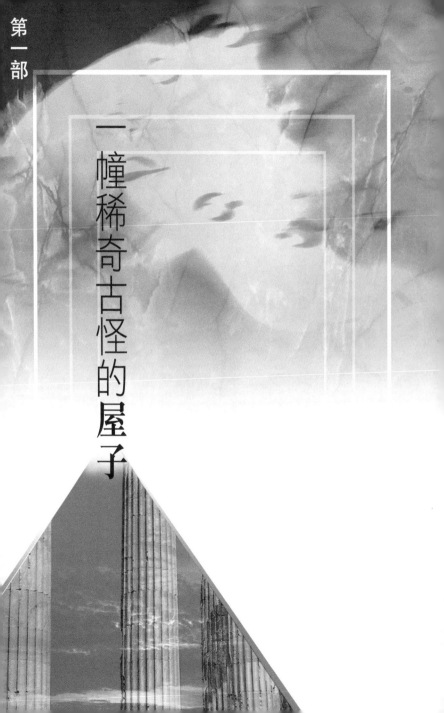

一幢稀奇古怪的屋子

我曾不止一次地提及陳長青的那間屋子。在我已記述出來的故事之中，他的那間屋子，佔有相當重要的地位，在《黑靈魂》中，在《追龍》中，都有他那幢房屋的出現。可是，我卻從來沒有好好描述過它，只是稱它為一幢極大的房屋，而且，又一再提及這屋子中，稀奇古怪的東西之多，真是數也數不完。

陳長青，照溫寶裕的說法是：上山學道去了，了無牽掛，一個立志要去勘破生死奧秘的人，自然不會再將一間房屋放在心上，所以他把屋子交給溫寶裕全權處理。溫寶裕把他的時間，盡可能放在那幢房屋之中。

溫寶裕的母親開始時十分反對，後來，溫寶裕找到了他的舅舅做說客，總算說服了他的母親。

所以溫寶裕在和我見面的時候，話題也大都不離陳長青的屋子和屋子中的新發現，以及徵求我處理的意見。早些時，他在一間房間之中，發現了上萬種不同的昆蟲標本，尖叫着奔進來叫我去看，我抽空去看了一下，真是嘆為觀止，數量品種之多，只怕超過了世上任何博物館，那是陳長青在中學時期蒐集回來的（有錢好辦事）。我和小寶就公議了，將所有的昆蟲標本連同資料，一起送給了當地的自然博物館，整理後展出時，加上了「捐贈人陳長青」的名字。

那個博物館負責這一部分的，是一個年輕的生物學家，博物館方面得到這批捐贈，他個人並沒有什麼好處，反倒要連夜工作超過一個月。可是他卻是一個真正的「昆蟲迷」，而且知識極豐富，再古怪的蟲，他也可以順口叫出名字來。

當我和小寶帶他去看陳長青的收藏之際，他簡直如痴如狂，手舞足蹈，一面看，一面不住地叫着：「啊，西藏青蝶，天，世界上只有二十隻標本。」「啊，從蟲卵到成蟲的蜉蝣科標本，竟超過了十五種。唉唉，這種昆蟲的成蟲生命不超過二十四小時，可是要變成成蟲，有的要蛻皮二十次以上，最長要經過七、八年時間，真不知這樣的生命有什麼意義，可是牠們的歷史，可以上溯到第三紀——幾千萬年之前。」

他不斷叫着「啊啊」，後來聲音有點啞了，但還是在叫着，不過聽起來有點像唉聲嘆氣，神情興奮得簡直無法控制自己。

我雖然一見就十分喜歡這位才從大學生物系畢業出來的年輕人，可是絕對無法陪他在一隻看來令人噁心的不知名昆蟲前念愛情詩，所以只和他在一起沒有多久，就把他交給了溫寶裕。

溫寶裕也立即喜歡了胡說——那正是這個年輕生物學家的名字：胡說。

當我們第一次見面，他把名片遞給我，我和溫寶裕兩個人，一看到這個名字，都忍不住哈哈大笑起來。他用一枝鉛筆，輕輕敲着桌子：「這是每個人見到了我名字之後的正常反應，不足為奇。」

我止住了笑：「對不起。」

溫寶裕仍在笑：「姓胡名說，字，一定是八道了。」

胡說瞪了溫寶裕一眼：「不，我字『習之』。」

溫寶裕怔了一怔，我向他望過去：「小寶，這是在考你的中文程度了，胡先生的名字，應該怎樣念？」

溫寶裕笑得有點賊忒嘻嘻：「『學而時習之，不亦說乎！』胡先生的名字是胡說。」

溫寶裕把「說」字念成了「悅」字，那當然是對了，「說」和「悅」兩個字是可以通用的。他又笑了一下：「為什麼不乾脆叫胡悅呢？逢人就要解釋一番，多麻煩。」

胡說也笑了起來：「那是我祖父的意思。」

溫寶裕一點也不管是不是和人家初次見面：「『說』字和『脫』字也相通。小心人家叫你胡脫。」

胡說笑着：「你才胡脫。」

一開始大家的印象就不錯，以後，見了那麼多昆蟲標本，自然更是友誼大進。那一次，溫寶裕陪了胡說多久，我也不是很清楚，只記得有一天，小寶走來，抹着汗，喘着氣說：「總算弄好了，胡說這個人，我看他前生一定是蟲變的，不然怎麼見了蟲，就像見了自己的親人一樣。」

我沒有說什麼，只是望着他提來的一隻扁平木頭箱子，那箱子大約有六十公分長，三十公分寬，十來公分高，大小如平常的公文箱，木質泛着紫色，角上全部包着刻了花的白銅，十分考究，而且提手和鑰匙部分，也透着古老。

我一看就知道那不會是他們家裏中藥店的東西，隨口問了一句：「又發現什麼寶藏了？」

溫寶裕眨着眼：「陳長青的那屋子，你也去過好多次了，究竟有多大，你可說得上來？」

我不禁愣了一愣。這時，我自然不知道他這樣問我，是什麼意思，只是在默想着：是啊，去過那麼多次，可是房子究竟有多大呢？

那屋子相當怪，是一幢舊式的洋房，還有着一些附屬的建築物，那些和花園不算的話，面積也大得驚人，屋子當然不是陳長青造的，看來至少有六、七十年的歷史，可能是陳長青祖父一輩建造起來的，而且，着實叫人難以理解，大家庭就算人口多，但是看起來，那幢上下四層，再連地窖的屋子，真要住人的話，至少可以住上千人。我雖然去過許多次，但也只是在陳長青常到的那些地方，不可能每一間房間都去過的。所以，這個問題，我還真無法回答。

溫寶裕見我沉吟不語，他就面有得色：「不知道？嘿嘿，陳長青在的時候——」

我打斷了他的話頭：「不要用這樣的語法說話，聽起來就像是他已經死了一樣。」

溫寶裕強辯道：「我看他要是看透了生命的奧秘，也就不在乎什麼生死。」

我狠狠瞪了他一眼，他才改口：「陳長青……和我在一起的時候，曾給我看過一隻櫃子，櫃子中全是和屋子有關的鑰匙，一共就有三百六十五把之多。」我由於溫寶裕剛才的話，心中也很有點感嘆，喃喃地道：「任何人其實只要有一柄鑰匙就夠了，像他現在找到的那把那樣——你說有多少把鑰匙？」

溫寶裕道：「三百六十五把。」

我點頭：「恰好是一年之數，造這幢房子的人，自然是事先合過陰陽的。」

我只不過是順口說一句，可是溫寶裕卻無緣無故的興奮起來：「你對那幢屋子有興趣？那真是太好了。」

我一看到他有這種神情，就知道這小子必然又有事情來求我煩我了，所以立時提高警覺，冷起臉來：「不，你錯了，一點興趣也沒有。」

難怪我要這樣子，因為他花樣實在太多，很多匪夷所思，層出不窮的花樣，一旦沾上了，不知會有什麼結果。

他先是愣了一愣，但隨即笑了起來，一副「你瞞不過我」的神氣，眨着眼，像是在自言自語，可是聲音卻高得分明想我聽見：「三百六十五，恰好是一年之數，房子一共是十二層，自然也是象徵一年有十二個月之數了，真有點意思。」

我想斥他胡言亂語，因為陳長青那屋子，總共只有五層，還是連地窖計算在內的，就算屋子有着明顯的左翼和右翼，加起來也不過十層，而他卻說有十二層。

不過我一轉念間，心知只要一搭腔，他就必然纏個沒完，所以立時忍住了不說，揮手道：「去，去，別來煩我，和你新認識的那位胡說先生打交道去。」

溫寶裕笑着：「胡說除了昆蟲之外，什麼也不懂，他甚至不知道穿長褲時拉鏈是一定在前面的。」

我被他的話，逗得笑了起來，仍然在看手中的一篇專考證阿房宮廢址的文章。阿房宮可能是當時地球上最龐大的建築物群，傳說大火燒了近三個月，才將之完全燒毀，自然也只剩下了一個幾乎無可查考的大廢墟。這篇考證文章指出，廢墟之中，唯一可尋的痕迹，是一座高大的夯土台基，有七公尺高，一千公尺長。再就是唐朝杜牧留下的那篇《阿房宮賦》了。

在考證文字所附的眾多圖片，包括高空拍攝的鳥瞰圖片上，怎能想像得到，如今那一大片的荒涼土地上，在若干年之前輝煌繁華到了這種程度：「東西八百里，南北四百里，離宮、別館相望於道，窮年忘歸，猶不能偏及。」

溫寶裕見我冷冷地並不理他，就探頭探腦過來，看我在看什麼，然後發表議論：「哼，研究早已不存在的建築物，不如研究現在還存在的。中國傳統是不注重實用科學，只在文采上做功夫。什麼『五步一樓，十步一閣』，朗誦起來好聽，真要照所描寫的去畫一幅平面圖出來，誰也沒有辦法。」

我很同意溫寶裕的說法，笑了一下：「就算當年建造宮殿時有詳盡的圖樣，經過那麼多年，自然也不存在了。」

溫寶裕說道：「至少有還存在的可能——不必去研究古代的東西了——」他說到這裏，揚了揚手中的那隻扁平箱子：「我發現了陳長青那屋子的全部建築藍圖，屋子原來是在八十五年前開始建造的，每一張圖紙上都有日期。」

原來是因為他有了這個發現，所以才來找我的，我本來對他手中的那隻木箱子還有點好奇，因為箱子看來古色古香，非同凡響，但現在既然知道內容只不過是屋子的建造藍圖，自然也提不起興趣來了。

所以，我只是淡淡地應了一句：「你可以研究一下，看不懂的，找你舅父指點一下，他是建築師。」

溫寶裕道：「我早已這樣做了。」我嘆了一口氣，知道若不是給他一個切實的回答，他不會肯就此放棄了。所以，我放下了手中的文章，直視着他：

「好，那麼，還有什麼疑問？」

他高興得直跳了起來：「疑問多着呢，房子一共只有五層高，是不是？分成左右兩翼，是不是？每翼都是五層，是不是？」

我不等他講完，就陡然大喝一聲：「說話要簡單一點，是不是？」

那一聲大喝，令他愕了半晌，才咕噥了一句：「人嚇人會嚇死人的……是不是？長話短說：房子只有五層，可是圖紙卻顯示，房子應該有六層。」

他一面說，一面拍打着那箱子，準備打開箱子來。我連忙伸手按住了他的手：「不必了。」

我知道那種舊式的設計圖紙，一張一張，大得離奇，通過化學顯影液複製出來，全是藍色底，白色的線條，有一股難聞的氣味，手指摸上去，皮膚會發澀，看這種圖紙實在不是什麼愉快的事。

溫寶裕直視着我：「你能立刻解釋為什麼設計圖有六層，而實際上屋子只有五層？」我笑了一下：「至少有十種，你要聽哪一種？」

溫寶裕道：「最合理的一種。」

我道：「設計計劃後來作了修改，只造了五層，取消了其中的一層。」溫寶裕不懷好意地笑了一下，縮了縮手，還是打開了那箱子的蓋子，把箱蓋的裏面向着我，我看到箱蓋的內部，有一塊白銅片，大小和箱蓋一樣，白銅片上鐫着字，字迹上塗着青綠色，雖然年代久遠，但看起來十分奪目，字迹是隸書。個個分明，絕不潦草。

在那銅板上鐫的字如下：「懷祖樓敦請歐西名師泰雲士精心設計，共高六層，全部建築於動土日起九百九十九日之內，悉數完成，六層圖紙，存於此箱，後代陳氏子孫，若於六層之中，任何一層，拆卸改建者，皆屬不孝大罪，切記切記。陳英蓀手記。」

下面是年月日，算算，是八十五年之前。

溫寶裕不說什麼，我心中暗罵了一聲。在銅版上鐫着的字，兩次提到「六層」，那麼我剛才的說法，自然不能成立了。

屋子的設計圖紙是六層，造好的時候，確然也有證明是六層，為什麼到了陳長青的手中，會變成五層了呢？這的確有點難以解釋。

溫寶裕見我沉吟不語，故意咳嗽了一聲：「我沒有十個解釋那麼多，但三、四個解釋還是有的。」

我瞪了他一眼，知道他不會有什麼好話說出來。果然，他道：「第一個可能，有不孝子孫，拆了一層；第二個可能，最下面的一層，陷進地中去了；第三個可能，陳老太爺當時年邁力衰，耳聾眼花，數錯了一層，也是有的。」

我「哈哈」乾笑了一下：「有趣，有趣。」

這小子人甚精靈，見我神色不善，倒也不敢再說什麼，只是不出聲的，等着我的解釋。

我道：「八十五年，經歷了三代到四代，當然是陳長青的父親或祖父，拆掉了最高的一層。」

溫寶裕問：「為什麼？」

我有點光火：「問拆樓的人去，我怎麼知道。」

溫寶裕更不敢說什麼了，委委屈屈的合上箱蓋，慢慢退了出去，我再拿起那篇文章來看，剛才還看得津津有味，大有聯想的，這時，卻一個字也看不進去了。

不等他退到門口，我抬頭向他望去，他有點賊頭賊腦地指了指箱子、又向我眨了眨眼睛，我只好嘆了一聲，他像一隻兔子一樣跳向前來，打開箱子，待把箱中的圖紙一張張攤開來，圖紙每一張至少有一公尺見方，我書房哪有那麼大，所以忙道：「一張一張看吧。」

溫寶裕道：「其實，應該到那屋子去看的，在頂層有一個廳堂，把圖紙上的一切，原樣縮小了，全刻在大理石的牆上、牆角，也有銅板上刻着的字。」

我「嗯」了一聲，心知下代子孫拆了一層的說法，也難以成立了。

因為若是祖訓只是刻在銅板上，還可以說是後代子孫未曾發現，不知道有這樣的訓示，若是刻在牆上，斷無不知之理，只怕陳長青的父親和祖父不敢違背祖訓。

陳長青倒是天不怕地不怕的，要是他想把屋子拆了一層去，那是說動手就動手，絕不必擇什麼黃道吉日。可是我認識陳長青相當久了，從來也沒有聽說他曾把屋子改建過。

奇怪的是，若是一切都刻在牆上，那麼，何以陳長青竟會未曾留意到屋子少了一層呢？這實在是有點不可思議的事。可惜陳長青下落不明，不然當面一問，這個疑團是立時可以解開的。

溫寶裕看出了我神情疑惑，說道：「陳長青一個人用不了那麼多地方，或許他根本沒有去過那個廳堂。」

我搖頭：「他這脾氣，小時候焉有不滿屋子亂鑽的？一定曾見過，那可能是他家族的一個秘密，所以他從來也不提。」

溫寶裕神情悵然若失：「和心中保持秘密的人做朋友，太沒有意思了。」

我「哼」了一聲：「任何人都有權保留不想被人知道的秘密的，陳長青的上代究竟是幹什麼的，我就不知道。」

溫寶裕嘟起了嘴：「是啊，我問過他，他不肯說。」

我又說了一句：「可別理別人私事。」

一面說，一面攤開了第一張圖紙來，一看可就知道，那是屋子的地窖。

不知道為什麼，陳長青十分喜歡那地窖，幾乎所有活動，都在地窖中進行，例如召靈大會，研究那隻拼圖箱子，裝置精密的切割儀器等等，他在做那些事的時候，甚至就胡亂睡在地窖之中，不管屋子有着上百間房間。

不但如此，建造屋子的那位陳老先生（假設是陳長青的曾祖父），對地窖一定也十分偏愛，因為屋子的地窖，建造得十分好，而且，有巨大的通風管，由地下通到花園中去。

這是很難使人理解的一點，要地方用，盡可以多造一層，何必造這樣的一個地窖呢？只好說陳家有喜愛地窖的遺傳了。

地窖全層都在地下，圖紙攤開來，當中的大空間，兩旁的房間，全是我熟悉的。

我看了一眼，就道：「那是地窖。」

溫寶裕點頭：「是，圖紙下面有註明。」

我低頭看看，看到圖紙的右下角，有比例、有日期、有設計者的名字：泰雲士．摩斯父子設計公司。

我示意溫寶裕收起來，第二張紙一攤開來，我也認得出：「這是底層。」底層包括大客廳、小客廳、餐廳，以及種種設備，我也到過不少次。

第三張圖紙一攤開，我就有點猶豫，不是很熟，陳長青從不主動招呼人參觀屋子，我每次去都有事情，也不是為了參觀屋子的，所以二樓以上，就算曾去過，印象也不太深。

溫寶裕對那屋子的一切，自然比我熟悉得多，不然，他也不會一下子發現一批昆蟲，一下子發現一批圖紙了。他道：「這是二樓，這幢屋子的設計很奇怪，每一層的間隔都大不相同，你看，這一層，雖然不能說是迷宮，但是走廊迂迴曲折，也夠瞧的了，二樓的兩翼是對稱的，一共有二十八間房間。」

他講到這裏，陡然頓了一頓，向我望來：「那是代表二十八宿？」

這時，我對陳長青的這幢屋子，也開始有了興趣，所以我並不否定溫寶裕的話，點了點頭：「有可能，中國人對於數字，十分特異，二十八宿、三十六天罡、大衍之數是五十——十日、十二辰、二十八宿的總和，亡魂歸來的日子以七來乘，等等，花樣很多。」

溫寶裕想了一會，沒有再說什麼，我因為反正房子放在那裏，隨時可以去實地勘察的，所以對着圖紙也就不怎麼熱心，只是順口問：「這二十八間房間，你都進去過了？」

溫寶裕搖頭指着圖紙：「只進了這一邊的十四間，那一翼的，全然沒有時間去，我是想先看完了左翼，再去看右翼。」

我「嗯」了一聲，他又再攤開另一張圖紙來，仍然由他解釋着。

愈是看下去聽下去，就愈是覺得這幢屋子之怪，怪到了不合情理的地方。

一般來說，建築物的兩翼，都是對稱的，可是這幢屋子的第三、四兩層，卻全然不對稱。三樓的右翼，只分成了九個空間，如「井」字，連走廊也沒有，每一個空間，都可以互通。而左翼，在圖紙上看來，也分成九個空間，但是排列的方式，和右翼大不相同，我看了之後先是愣了一愣，立時問：「小寶，你看看這一邊的圖形是什麼？你到過，應該看得出來。」

溫寶裕道：「當中是一個大圓形，圍着圓形的八間房間，每一間都可以通向中間的圓形，嗯……看來像是『八卦』圍着『太極』圖——」

他說到這裏，忽然極其興奮地叫了起來：「對了，這是第三層，第三層！在那圓形的大堂中，放着一黑一白兩張大理石的圓桌，直徑超過一公尺，桌子形狀很奇特，看來就像是兩根又粗又矮的圓柱一樣。」

我更正他的修辭：「應該說，那像是兩個石墩，不像是桌子。」

溫寶裕笑着：「不管像什麼，那一定是太極圖之中的一白一黑兩個圓點了。」

我道：「真有意思，三樓，一邊是『太極』和『八卦』，一邊分明是『九天』，我敢說這是屋主人自己提出來的概念，那位英國設計家，只怕無法明白這其中的奧妙。」

溫寶裕眨着眼，因為興奮而雙頰通紅：「所謂『九天』，是——」

我一面想，一面回答他的問題：「九天，是指天的中央和八方，中央鈞天，東方蒼天，東北變天，北方玄天，西北幽天，西方昊天，西南朱天，南方炎天，東南陽天。一直被用來作為各種象徵或運算盛衰之用，有點類似西方天象上的十二宮。」溫寶裕側頭聽着，神情愈來愈疑惑，而我這時，心中也愈來愈是疑惑。

溫寶裕不等我再說什麼，已把問題問了出來：「你和他認識了那麼多年，從來也不知道他那祖傳大屋之中有那麼多花樣？」

我正為此疑惑，給溫寶裕一問，心中不免有點生氣，在桌上拍了一下：「真是一點也不知道，他從來不說，我怎知道？他一定早已發現屋子有古怪，所以才不說的。」

我這時所作出的這個理由，其實是很難成立的，陳長青是那麼好奇的一個人，無中生有尚且要大動干戈，研究一番，連走在馬路上，有一片紙片，飄落在他的身前，他也可以拾起來研究半天，假想是什麼外星人遇了難要求救的信號。

有一次，還鬧了一個笑話，一個少女在她二樓的陽台上，傷心地撕碎她和男友的合照，順手拋了下來，他恰好經過，揀了其中較大的一片，看到是一個少女和一個面目猙獰之極的「生物」的合照，他就以為不知是哪一個星球來的妖魔鬼怪，擄劫了一個地球少女，衝上去要「英雄救美」。結果，那只不過是那少女和男友在化裝舞會上的親熱照片。

諸如此類的事，不知多少，最近的是看了蠟像館之後，夜探蠟像館。

若說像他這樣的人，會對自己祖傳的怪屋子不感興趣，那是不可能的事，而他如果感到興趣，又不和我來一起研究，那更是不可思議的事。

可是偏偏他卻從來也沒有提起過。莫非是因為他自小在這幢屋子中長大，所以見怪不怪？

然而，當他捨棄了一切去跟隨天湖老人勘破生命奧秘之際，卻又把屋子留給了溫寶裕，是不是又另具深意呢？只可惜當他這樣說的時候，我絕未想到屋子會有那樣的古怪，不然一定問一問他。不過，他若是有心保持秘密的話，自然是問也不肯說的了。

我剛才還告訴溫寶裕，每一個人的心中都有秘密的。但是像陳長青這樣性格的人，以他對我的交情而論，居然還留着這樣的一個大秘密，要真正了解一個人，真是太難了。溫寶裕看出我的不快神情，安慰我：「陳長青這人，是有點鬼頭鬼腦，例如，他知道了他自己的前生，可就是不肯說，叫人亂猜。」我嘆了一聲：「背後別說人壞話，他如果不說，一定有他不說的原因，他要隱忍這樣一個秘密，一定十分痛苦，要相信朋友，體諒朋友苦衷。」

溫寶裕對我的「教育」顯然不是如何接受，但他沒有再說什麼，又攤開了第四樓的圖紙，這一層，也是兩翼不對稱的，左翼分成了五個大空間（五行？）右翼是七個大空間（七曜？）

到了第五樓，也是四層高的屋子的頂樓了，兩翼卻是對稱的，也唯有這一層，兩翼有一條走廊相通。

也就是說，屋子的設計，基本上是兩翼分開的，若是要從一翼進入到另一翼，那就必須到了頂樓之後，才能到另一翼。這種設計的目的是什麼，不得而知。

最高一層，每一翼都有許多房間，溫寶裕道：「每邊是三十三間房間，大小不同，有的小得簡直不像樣子，只如一間普通大廈的儲藏室，可能是用來分類儲藏不同物品之用的。」

我沉吟着，沒有出聲，溫寶裕用力一揮手：「三十三天，天外有天？」

我搖頭：「誰能肯定，或者是說『三三不盡』，象徵無窮無盡的意思。」

溫寶裕想了片刻，神情變得更古怪起來。

我們都知道，到此為止，雖然事情古怪，但還未到匪夷所思的地步：陳長青保留秘密，可能有他特別的理由，屋子內部結構怪異，可能是屋主人的特別愛好，都可以說得過去。

但是屋子還有一層，卻少掉不見了，這是難以說得過去的事。

溫寶裕攤開了最後一張圖紙來：「這就是應該還有的另外一層，可是實際上卻不存在。」

圖紙還是和其餘的圖紙一樣的，可以在圖紙上看到這一層的平面圖，以了解這一層的內部情形。

同樣是左翼和右翼。

左翼是一個大空間，完全沒有間隔，看來是一個極大的廳堂，圖紙上除了邊緣的白線之外，一無所有。而右翼，卻是許多六角形的房間，結構一如蜂巢，而且在圖紙上看來有相當窄的通道，照比例算來只有八十公分，那至多只能容一個人通過。

溫寶裕笑着：「乍一看，以為那是給許多蜜蜂住的地方。」

我皺着眉，心中自然更是疑惑：神經正常的人，誰也不會把房子造成這樣子的。

六角形的每一邊，可以看出是一公尺，每邊一公尺的六角形，面積是很容易計算出來的，小學生都會。每一間房間的空間極小，小到了無法適宜一個人居住的地步。

我呆了半晌，問：「宋天然的意見怎樣？」

宋天然就是溫寶裕的舅舅。溫寶裕道：「他說，他看不出這樣的間隔有什麼用處。本來，蜜蜂是一種十分聰明的昆蟲，把蜂巢築成六角形，那是幾何構圖上最節省建築材料的一種方法，可是這裏的六角形間隔，每一間不是緊貼着的，而是都有着通道，這一來，反而變得浪費了，完全沒有道理，除非有特殊的用途。」

我吸了一口氣：「當然是有特殊用途的，可是這一層房子在哪裏？」溫寶裕向我望來：「這……正是我要來問你的。我在左翼，上下五層都到過了，就是沒有發現這一層。」

我道：「會不會這是一個夾層？你有沒有發現，有哪一層與哪一層之間，顯得特別高，或是有哪一層是特別低的？」

溫寶裕笑了起來：「又不是箱子，怎麼會有夾層？」

我悶哼一聲：「回答我的話。」

溫寶裕忙道：「沒有，沒有，每一層都高度正常。」

我想了一想：「別單看圖樣了，實地去勘察一下。」

溫寶裕向窗外看了一下，這時已快是黃昏時分了，他道：「有沒有強力一點的電筒，我們要一人帶一個。」

我陡然張大了口，他已經回答了我的疑問：「那屋子除了地窖和底層之外，全沒有電，自然沒有電燈，或許是造房子的時候，根本沒有電力供應？地窖和底層的電線，顯然是以後加上去的。」

我又呆了片刻，才找出了兩個可以調節照射角度的強力電筒來，溫寶裕興致勃勃，我卻暗暗好笑，像這種拿了手電筒，去夜探巨宅的事情，自然是最適合少年人的胃口了，想不到我也要去參加這種行動，想起來很有點莫名其妙之感。

而如果不是這幢屋子是屬於陳長青的，我自然提不起這種興趣來。

我們一起上了車，白素不在，我留了一張字條，告訴她陳長青的屋子有點古怪，現在我們去察看，並且把圖樣留了下來，讓她參考。

溫寶裕一路喋喋不休，做出了各種各樣荒誕不經，不值一提的假設，直到我大喝他一聲，他才萬分不願意地閉上了嘴，可是喉嚨之間，還一直不斷有「咕嚕嚕」的聲音傳出來，像是一隻發了春情的雄蛙一樣。

我忍了他幾分鐘，斥道：「你發出這種怪聲來，算是什麼意思？」

他翻着眼：「這是對付暴政的最佳方法，『偶語者棄市』，我只是咕嚕咕嚕，誰知道我在說什麼。」

我笑了笑：「誰不讓你說話了？而是你剛才所說的，實在太荒誕了。」

溫寶裕道：「也不算太……荒誕，這屋子的一切設計，分明全和天象有關。」

我道：「是啊，那就能得出結論，說那不見了的一層屋子，是隨着陳長青的祖宗升了天？」

溫寶裕的聲音不再那麼理直氣壯：「古時，不是有神仙『拔宅飛升』的傳說嗎？」

我沒好氣：「是，屋頂先飛起來，然後，讓那一層飛上去，等那一層飛走了，屋頂再落下來，恰好蓋在下一層之上。」

溫寶裕尷尬地笑了一下：「是……比較不可能，但是——」他忽然跳了一下：「這說明，不見了的一層，一定不會在整幢屋子的上層，因為不可能從中間抽一層出來不見。」

我哈哈大笑：「這一層，本來是蓋在屋頂之上的。」

溫寶裕眨着眼：「只有兩個可能，一個是在屋頂之上，一個是在地窖之下。」

我一聽，原來取笑他的心情，突然改變，他的話，十分有道理，要一幢房子的其中一層消失，就只有這兩個可能。

可是，陳長青的房子，我記得，屋頂是尖角形的，並非平頂，雖然硬要在上多蓋一層也並無不可，但總有點勉強。

如果設想這一層是在地窖之下，是第二層地窖，埋在地底下，根本不是消失，而是一直未被人發現，或是陳長青根本就知道，但是卻不對人說，那麼，事情看來就不那麼詭異了。

我伸手在溫寶裕的肩頭拍了拍，表示讚許他的這個想法。

可是，溫寶裕的神情卻分明不知道我是在稱讚他說對了那幾句話。我知道他的毛病又犯了：這小子有一個毛病，仗着自己腦筋靈活，說話之前，根本連想也不好好想一想，意念才動，就已經化作語言，衝口而出，所以每每信口開河，說出來的話，匪夷所思。

像剛才，他說了「兩個可能」，可是一下子連他自己都忘掉說過什麼了。

我提醒他：「那不見了的一層，可能是在如今的那層地窖之下，這是你剛才自己提出來的。」

他這才知道自己在胡言亂語之中，說了一句十分有價值的話，高興得在座位上，連跳了幾下。

這時，轉了彎，上了一條斜斜的私人道路，已經可以看到那幢房子了。本來，我來過許多次，並未曾特別注意這房子的地形，只把它當作是一幢古舊的房子而已。

城市在迅速發展，高樓大廈聳立，但是古舊的建築物，也不是沒有。我就認識好幾個朋友，他們擁有的舊房子，比陳長青的屋子，大了不知多少。

陳長青的屋子，這時仔細看來，是建築在一個山坳之中的。因為車子在駛上了斜路，到達大鐵門時，只能看到那屋子的頂部和最高的一層，斜路的兩旁，全是巖石，那條斜路是開山開出來的。

第二部

一次神秘難測的探索

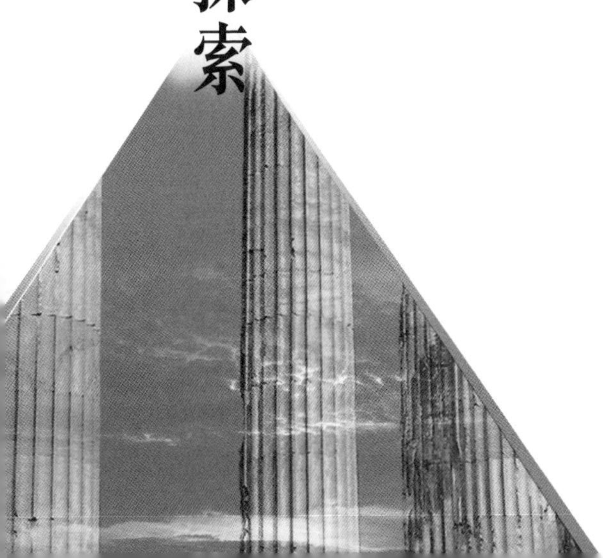

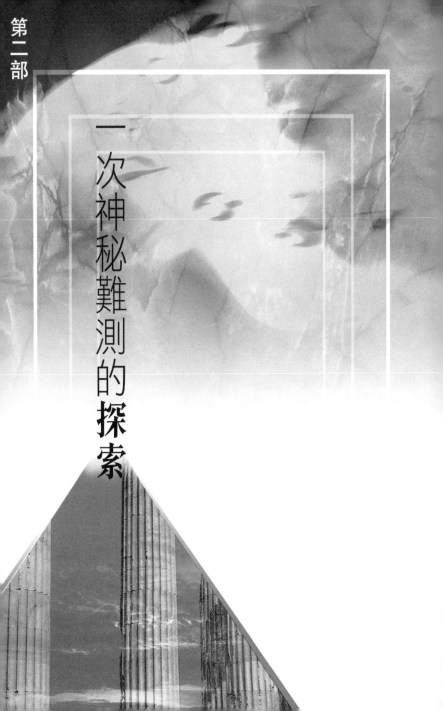

駛進大鐵門之後，車子要向下駛一條斜路，才能到屋子的面前，進鐵門之後的斜路兩旁，就是前花園，所以整個前花園，實際上是一個斜度並不太甚的山坡，而屋子後面的大片後花園，一樣也是一個向上的斜坡，所以屋子是在一個山坳的底部造起來的，其高度，大約和前後左右的山坡高度相等。

那情形，就像是一隻斜邊斜度呈三十度的大盆子，而屋子恰在盆子的中心平坦部分。

我在鐵門外看了一會，由於第一次注意到這樣的地形，我就說了一句：「下起大雨來的時候，倒也不怕淹水？」

溫寶裕忙道：「前後花園，都有十分大的排水管通向外面。」

他觀察得倒十分仔細。他下了車，在大鐵門旁的一個號碼鎖上按着密碼，鐵門徐徐打了開來。

這時候，天色已漸漸黑下來了。那天天氣很好，西邊赤霞漫天，這使我注意到，屋子的正門，是面對着正南方的。那麼大的一幢房子，一點燈光也沒有，在暮色之中，沉默而詭異。

本來，知道裏面住着自己的好朋友，自然不會覺得有什麼異樣，可是這時知道了它有一定的古怪之後，感受大不相同，竟像是第一次來到的一個陌生地方一樣，十分異樣。

我心中也十分佩服溫寶裕，因為陳長青離開之後，白天黑夜，溫寶裕消磨在這屋子中的時間極長，有時甚至到夜深，只有他一個人，可是從來也未曾聽他提起「害怕」，單是這一點膽識，就不是尋常少年人所能企及的了。

溫寶裕又上了車子，駛到了屋子前，下車之後，溫寶裕取出一柄鑰匙來，打開了大門。

外面天色暗了下來，屋子中的光線自然更黑，他一進門，就着亮了手電筒，我笑罵：「底層不是有電燈的嗎？」

溫寶裕道：「整幢屋子全在黑暗之中，那才夠氣氛。」

我喝道：「快開燈！」

溫寶裕老大不情願地着亮了燈，我甚至沒有注意過通向樓上的樓梯在什麼地方，因為每次來，都是直奔地下室，去找陳長青的，就算有時，陳長青不在，大叫幾聲，沒有回音，就可知他不在屋中，因為這個人唯恐天下不亂，決不會有人叫他而不出來的。

來到了底層大客廳的中央，我抬頭向上看了一下，大客廳中裝的燈飾，相當輝煌，正中是一盞十分巨大的水晶吊燈，也只有這樣，每層高度超過五公尺的舊房子，才能有這樣的燈飾。

在天花板上，是一個又一個凸出來的圓圈的裝飾，像湖面上的水圈一樣，一個個向外擴展出去，看來雖然別致，卻也未見有什麼特異之處。

溫寶裕已急不可待來到樓梯口，我走過去一看，就覺得樓梯造得十分怪。這樣的大屋子，樓梯理應十分有氣派才是，可是在前面的，卻是螺旋形，十分陡峭的那種。通向地窖的樓梯，也是這樣子的，不過我一直以為只有通向地窖的才是那樣，原來通向樓上的，也是一樣。

把樓梯設計成這樣子的目的是什麼呢？當然不是為了節省空間。有時建築物怪異起來，也就難說得很，著名的巴黎聖母院，建築物佔地面積何等之大，可是通向樓上的樓梯，還不是一樣盤旋曲折，窄小無比。比較起來，這屋子的樓梯，算是寬敞多了。

一開始上樓梯，手電筒就派上了用處，到了二樓，和在圖紙上看過的一樣，溫寶裕先在樓梯轉角處的一個十分隱秘的角落，取了一大串鑰匙在手，負在肩上，每一間房間都打開來看了一下，並沒有什麼特別。

一層層看上去，由於房間十分多，溫寶裕幾乎全部看過，所以也只是草草了事，一直到了最高一層，就是有着三十三間房間的那一層。

我並沒有每間房間都看，就已看了的十來間房間中，堆放的各種東西之多，若是要編一本《物品名目》的話，只怕就能叫人看了抽筋。

我只是注意天花板部分，因為屋頂是斜的，如果天花板是平的，那麼在屋頂和天花板之間，就可能有着隱藏的夾層。

但是，像是建築師要故意告訴人屋頂之下並無夾層一樣，頂層的天花板是斜的，完全依着屋頂的斜度，所以在正中部分的空間，看來十分高，連屋脊部分，也可以看得到。

通向另一翼的，就是一條狹窄的走廊——屋子的兩翼，其實是連在一起的，只不過其他幾層，兩翼之間並無通道而已。

在那通道的入口處，有一道看來很堅固的門。

溫寶裕自然不斷在發着議論，不必細述，這時他又道：「這通道的門，鑰匙構造很奇特，花了我好長時間才試出來。」

看着他背在肩上的那一大串鎖匙，總可以想像要打開任何一間房間，他得花多少時間。我注意到鑰匙的大小形狀，頗有不同，就道：「你可以把所有的鑰匙分一下類，那就可以節省很多時間。」

溫寶裕笑嘻嘻地：「我早已這樣做了。」

他說着，在那一大串鑰匙之中，找出了一柄又細又長，在兩邊都有着鋸齒的來，那看來有點像是一根魚骨，插進匙孔之後，轉了三轉，門就打了開來。那門相當沉重，在他用力打開時，發出一陣「格格」的聲響。

通道十分窄，一片漆黑，在手電筒的光芒下，可以看到約有十公尺長，在盡頭處，也是一扇同樣的門，溫寶裕一馬當先，到了門前，用另一柄同樣的鑰匙，打開了那道門。在開門的時候，他有點緊張：「這一邊，我還沒有來過，不知道情形怎樣。」

我笑了一下：「你倒忍得住？」

溫寶裕笑着：「實在是這屋子可供探索的東西太多了，根本來不及看。」

我以前也未曾來過右翼，而且，從來也沒有對之產生過好奇，我以為兩翼是每一層都相通的。雖然右翼的底層另外有進出的門口，但是在印象之中，似乎永遠是關着的，陳長青從來也沒有意思讓客人進右翼去，熟人識趣，自然也不會提出要求來。

這時，在黑暗之中，神秘感變得十分濃。剛才在左翼頂樓的一間小房間之中，溫寶裕指着牆上的石刻給我看，刻的是縮小了的平面圖，和那幾句告誡後代子孫的話。再一次證明屋子是應該有六層的，所以，神秘的意味，也更加增強。

自然，我們不可能一間間房間都打開來看，只是匆匆地瀏覽一下，因為最主要的目的，還是找出那不見了的一層來。

一切和圖紙上看到的一樣，四周圍靜得出奇，手電筒光芒已不再那麼明亮，光柱在黑暗之中掃來掃去，間中打開一兩間房間，看看各種各樣的物品——有一間房間之中，甚至全是各種各樣的瓦缸，從大到小都有，有的還是整套的，真不知有什麼用途，有一間房間之中，則全是各種各樣的古代武器，中外都有，有的連名堂也叫不出來，只是一看就知道有相當強烈的殺傷力而已。

終於又到了底層，我吁了一口氣：「小寶，這屋子，真要詳細研究，夠你消耗二十年的了。」

溫寶裕苦笑了一下：「所以，我必須按捺自己的好奇心，我不想花那麼多時間在一間屋子中，外面的天地那麼廣闊。」

我拍了拍他的肩頭：「說得是，我看這屋子裏的東西，也不單只陳長青一個人蒐集起來的，只怕是屋子一造好之後，就開始有人在蒐集了。」

溫寶裕道：「陳長青的家族，一定有蒐集狂的遺傳。」

我們用手電筒掃射着底層的情形，看到廳堂中的陳設，全是十分精緻的紫檀木家具，單是那扇巨大的八摺屏風，上面鑲滿了各色寶玉，砌成極其生動的八仙圖，已是罕見的古物。而所有紫檀木家俬上，都鑲有大小不同、形狀不同的各色大理石，有一種在手電筒光芒下，呈淺紫色的大理石，我連聽也沒有聽說過。更難得的是，那些大理石上，都有着天然的花紋，有的是山水，有的是花鳥，有的是蟲獸，有的甚至是人物，而且大部分維妙維肖。我手中的電筒，照在其中一幅上，久久移不開。

那是一幅黑底白紋的大理石，白色的紋圖，清楚地可以看出一個老人拄杖佇立，在他身邊，有若干四足的動物，連溫寶裕都一看就叫了出來：「這是蘇武牧羊，真像。」

我想到在左翼大堂中陳設的家具，不能算是特別名貴，和這裏的簡直不能相比，我也不會相信陳長青未曾到過這裏，何以他連提都不提，真是怪不可言之至。

在底層，我們花了不少時間，溫寶裕年紀雖然輕，可是他對古代的東西，有着天然的愛好，每一件陳設，他都去撫拭一番，大約在半小時之後，他轉過頭來望向我，面色十分蒼白，而且充滿了驚恐的神情。

我知道他為什麼突然感到了害怕，我早已想到那一點了，只不過我剛才還想到過他常一個人在這屋子之中，膽子相當大，只要他想不到，我也不必提出來嚇他，現在看他的情形，自然是他也想到了。

他先是張大了口，然後，陡然吸了一口氣：「天，這屋之中有人，而且，不止一個。」

我在那一剎間，也不禁感到了一股寒意。

雖然我早已想到了的，正是這一點，但是聽得溫寶裕用發顫的聲音叫出這一點來，自然也不免感到更進一步的神秘的壓迫感。

這屋子有人。

在上面幾層中，已經隱隱有這樣的感覺了，可是卻還不是那麼強烈，而到了底層之後，這種感覺就變得強烈之極了。

自然，有人的感覺，絕不是因為見到了什麼人，或是聽到了什麼聲音而引起的，產生這種感覺的，是由於那些家具陳設，簡直潔淨得絲塵不染而引起的。

紫檀木和大理石，本來都有天然防塵的功能，尤其是大理石，由於表面的陰電子可以使微塵遠離，所以更容易保持潔淨。

但是，那一邊牆上懸掛的四大幅刺繡又怎麼說呢？很少見到那麼大幅的刺繡，從運針的綿密和色澤配合的鮮明來看，一望而知是湘繡之中的極品，繡的是「四大美人」，同時表現春夏秋冬四季。

單是那幅「昭君出塞」，已是令人看得連氣也喘不過來，在電筒光芒的照耀之下，王嬙披着猩紅的大氅，天是白的，大氅中翻出來的狐皮是白的，漫天雪花是白的，她的臉色，也是白的；全是白的，可是又全是不同的白，可以清清楚楚看到雪花的飛舞，雪的白，天的白，狐毛的白，人臉的白，相差極微，但是又實實在在，有着顯著的不同。

繡像中的人，幾乎都和真人同樣高下，繡工之精，真正到了鬼斧神工的地步，所表現出的那種立體感，就像是四個美人隨時會走下來一樣。

溫寶裕自然不懂得繡工之妙，他只是在一看之後道：「啊，四大美人，好像都不是很快樂的樣子。」

接着，他就十分害怕地轉過身來，說「屋中有人。」那是因為，刺繡品是最惹塵的，在沒有大幅的玻璃之前，大幅的刺繡品，一般來說，都極少經年累月地掛着，而是密密收藏着的。真要掛出來，每天非得細心地，用柔軟的羽毛撣子，小心地撣上一遍到兩遍不可。

不然，三五日下來，就會積塵，變成名副其實的「西子蒙塵」了。

就算假設陳長青在的時候，他僱用僕人，日日來打掃拂拭，但是，離他遣散僕人至今，也有好幾個月了——他走的時候，極具決心，把大約十來個僕人，一律給了一大筆錢遣走——而且，就算僕人在的時候，也只住在附近的建築物之中，能不能進入屋子的右翼，也有問題。

溫寶裕在這樣叫了一句之後，看出了我大有同感，他又「嗖」地吸了一口涼氣，低聲道：「天，好幾次我躺到半夜三更，還以為只有自己一個人。」

他在這樣說的時候，伸手在自己手臂上撫摸着，由於害怕，他手臂的汗毛，全都豎起來。

我沉聲道：「別怕，就算有人，我看也沒有什麼惡意，因為如果有惡意，要害你的話，早已經下手了。」

溫寶裕向我靠近了些：「若是人，倒也罷了，只怕——」

我不等他說完，就斥道：「若是鬼，只怕不能把一切打掃得那麼乾淨。」

溫寶裕眨着眼，又大口吞着口水，我道：「小子你又想到了什麼？」

溫寶裕抗聲道：「什麼都有可能！那個姓原的醫生，不是說有一個怪醫生，把人和青蛙配合起來，做出了許多不知是什麼形狀的精怪……也是在一幢大屋子裏發生的事?這……誰知道在這屋子中的是什麼。」

我也被他的話，弄得有點心煩意亂，但立時定下神來。溫寶裕已在大聲問：「有人嗎?」

我被他的行動弄得啼笑皆非，推了他一下：「你亂嚷什麼?要是有人，一定不肯現身相見，你這樣叫，就會有人答應了?」

溫寶裕剛才在叫嚷，這時又把聲音壓得十分低：「如果有人，那人……或是那些人，這樣詭秘又是為了什麼?」

我悶哼一聲，自然答不上來。他的形容十分正確，這屋子之中如果有人，可能一個，可能不止一個，行動真是詭秘之極了。

溫寶裕又道：「會不會是陳長青有什麼上代，住在這裏，是他不願提起的?也有可能，是看透了世情的隱者，是他們陳家的長輩，像是……令狐沖在華山頂上遇到的風清揚一樣?」

我嚇他：「你看小說看得太多了，該叫你媽媽好好看着你一點。」

溫寶裕再吸了一口氣，總算不再胡言亂語了。其實，在那一刹間，我也不知想到了多少可能。其中，怪誕有甚於他者，不過我比較成熟，所以沒有說出口來而已。

站在那裏暗猜，自然不會有什麼結果，我道：「如果有人，看來只有底層和地窖，比較適宜居住，我們好好找一找。」

溫寶裕答應着，來到大堂的大門前，搖着大門，發出巨大的聲響來。兩扇大門鎖着，在用力搖撼時，會晃動，所以才有聲響發出來。

我道：「好了，你這樣吵法，死人也給你吵醒了。」

溫寶裕轉過身來，面色再度發白，我知道他又想到了什麼，瞪了他一眼，不去理他，他趦足來到我身邊，忍了一會，終於忍不住：「會不會有什麼人，在施用巫術，驅使死人來打掃屋子？」

果然不出我所料，我道：「是啊，陳家的列祖列宗，都葬在下面的地窖裏，一到子夜，他們就跳起來，每人手裏拿一隻雞毛撣子，你要小心一點。他們會用雞毛撣子在你臉上掃來掃去。」

溫寶裕十分勉強地笑着：「這種玩笑也開得的。」看來，他還真的感到害怕，可是接着，他又道：「我以後，再也不會一個人到這屋子來了，現在，有你和我在一起，我當然不怕。」

聽得他這樣說，我也有點後悔。這幢屋子可以研究的地方很多，我又沒有空，溫寶裕是最佳人選，要是他不肯來了，一定要找人陪，卻去找誰？那麼，屋子為什麼如此怪異，就不能發掘出來了。

所以我忙道：「當然是說着玩的，哪裏會有這樣的事情。」

一見我語氣緩和了一些，溫寶裕卻打蛇隨棍上：「那麼，屋子中是不是有人呢？為什麼能維持得這樣乾淨？是不是有某種力量，使屋子乾淨？」

在他一連串問題之前，我只好嘆了一聲：「小寶，對這屋子，我了解的比你少得多，這些問題，都要等你去找出答案來。」

他的神情有點發愣，我又道：「你不是常想參加神秘事件麼？現在有了那麼好的機會，怎麼反倒悶悶不樂了？」

溫寶裕苦笑：「一幢舊屋子，沒有什麼好發掘的，要有機會遨遊太空，那才好。」

我笑道：「單是這屋子，已經有上萬個問題可問，每一個問題追究下去，都神秘莫測。」

我們一面說着話，一面又看了底層的其他部分，在兩間小客廳中，陳設的古董，更是驚人，有一個古董架上，全是差不多大小，但是形式各不相同的瓷瓶，有一對康熙五彩，夾在中間，簡直成了最不起眼的東西，有一隻美人肩薄胎汝窰白瓷瓶，電筒光一照上去，簡直如美玉一樣地生輝。

溫寶裕吐了吐舌頭：「陳長青的上代，真是錢多成這樣子。」

我也大有嘆為觀止之感，一間書房中，善本書之多，不必說了，單是牆上掛着的那九柄古劍，看來就絕不是什麼仿製品。

在隨便拿起一部書，翻看，看着賞心悅目的宋體字，可以肯定那是宋版書。

我心中又起了一陣疑惑：古書的保存，是一門極大的學問，保存稍有差池，不是紙質變壞，就是遭到了書蟲的蛀蝕，變成千瘡百孔，還有各種各樣的霉菌，也是書本的剋星。

可是這裏，所有的書，全是綫裝書，當然不是簇新的，但是書本的狀況都佳美無比，是用什麼方法保存的？

在這時候，「屋中有人」的感覺，更是強烈，所以當我看到溫寶裕正在一張大書桌前，拉開一個抽屜之際，竟自然而然地道：「小寶，別亂動人家的東西。」

溫寶裕聽得我如此說，抬起頭來，先是愕了一愕，但立即明白了我的意思，他也不由自主，苦笑了一下：「抽屜是空的。」

我揮了揮手，也不知再說什麼是好，溫寶裕又咕噥了一句：「要是沒有人在不斷收拾的話，真不能令人置信，我相信這屋中的一切秘密，陳長青一定是知的。」

我定了定神：「或許根本不是什麼秘密，譬如說，有一些人，定期來收拾屋子，而你恰好沒有遇到，這種瑣碎的事，陳長青自然也不會對我們說。」

溫寶裕作了一個鬼臉：「這裏每一樣東西，都是價值極高的古董，會隨便交給人來打掃？」

我也覺得自己剛才的說法不是很能成立，所以沒有再說什麼，退出了書房之後，來到了通向地窖的樓梯口，也有一道鎖着的門。

溫寶裕在門前，用口咬着電筒，在一大串鑰匙中找着適合的鑰匙，我背對着他，無目的地用手電筒掃來掃去。這一翼的底層和地窖，也都沒有通電，可知是根本不準備使用的了。

如果有人來打掃，那非在白天進行不可，若是點汽燈或用手電筒，那未免太麻煩了一些，弄壞了任何一樣東西，都是無可彌補的損失。

當我想到這一點的時候，忽然又想到，現在已將近午夜了，我們到的時候，天色已黑，屋子中自然漆黑無光，但如果是在白天呢？這屋中只怕也光亮不到什麼地方去，因為光源並不是太足。而且，沒有電也罷了，何以屋中，到處都也未見有燈？甚至連燭台也沒有？

一想到這裏，我向前走出了一些，以便抬頭看大廳頂上的情形，在左翼，大廳正中，是有一盞很大的水晶燈吊着的，用的自然是電。

那麼，在這裏，自然應該也有吊燈，就算是燃點蠟燭的，也應該有，住在這屋子裏的人，總不能一到晚上就不用燈火的。

但是，當我可以看到大廳的頂部之際，我不禁呆了一呆，天花板上，一樣有着水圈一樣的花紋，但是在正中部分，根本沒有吊燈，別説大吊燈，連小吊燈也沒有。而且在大廳各個角落之中，什麼燈台都沒有。

我在那一剎之間，有了一個模模糊糊的感覺，正在這時，突然，溫寶裕的一下慘叫聲，傳了過來。

我聽到的，不是「驚呼」聲，而真正是「慘叫」聲，而且，肯定是由溫寶裕發出來的。我大吃一驚，疾轉過身去，在那一剎間，思念電轉：他剛才在開門，我走了開來，他一定是打開了通向地窖的門，走下了樓梯，而且在地窖中看到了什麼，所以才發出了這樣的慘叫聲來的。

那不消說，他看到的情景，一定是令他吃驚之極的了。要知道，他並不是沒有什麼見識的人，他到過南極，在不知多少年前形成的冰洞之中，見到過許多可能是地球「上一代」留下來的怪物。

我一面想着，一面已向前飛奔而出，就在這時，看到溫寶裕也飛奔出來，恰好和我迎面而來，他竟連手電筒也失掉了，我一伸手，抓住了他的手臂，發現他的身子，在劇烈地發着抖，雙眼睜得極大，口也張得極大，伸手指着通向地窖的樓梯，連呼吸也幾乎閉住了。

我用力搖了一下他的身子：「別大驚小怪。」

溫寶裕發出了一下十分怪異的聲響，顫聲道：「你……你……說……中……了……」

那四個字的一句話，他分成了四截來說，我根本聽不明白他在說什麼。在這樣的情形下，多問也沒有用，最好自然是自己去看看。

我立時揚起電筒，向前走去，溫寶裕緊緊拉着我的衣角，仍不免有點發抖，跟在我的後面，又說了一句：「你說中了。」

這次，他雖然一下就說了出來，可是我仍然不明白是什麼意思。到了樓梯口，發現下面有點光亮，那自然是溫寶裕掉下的手電筒並未熄滅所發出來的。

我急速向樓梯下走去，溫寶裕仍然緊拉着我的衣角，他顯然有點不想下去，所以，拖慢了我下去的速度，但是我只下了十幾級樓梯，轉了兩個彎，已經看清楚下面地窖中的情形，一看之下，我雖然不至於發出慘叫聲，但也真正呆住了。

也在那一剎間，我明白溫寶裕那句「你說中了」是什麼意思了。

電筒光照射得到之處，在地窖之中，竟然是排列得相當整齊的，一具一具的棺木。

電筒的光芒，由於電力消耗太多，本來已近於昏黃，地窖的空間又大，照上去，只是昏濛濛一道弱光，那些棺木，看來大得出奇，棺木造成的陰影，又在搖晃不定，棺木上的油漆，泛起一種幽秘曖昧的光芒，那情景實在是陰森可怖之至。難怪溫寶裕算是膽大了，在一見之下，也會發出慘叫聲，掉了手電筒逃走。

我剛才曾戲言，陳長青的列祖列宗，全在地窖下面，原是一句玩笑的話，想不到竟然說中了。

棺木和死亡有直接的關係，每一個人，自小就根深柢固地在思想上有着棺木和死亡、鬼魂的聯繫，所以一排排靜靜放在那裏的棺木，雖然沒有任何怪異，總會給人極不舒服的感覺。

我在呆了一呆之後，已完全定下神來，而且，在剎那之間，我已想到是怎麼一回事了。

一想到是怎麼一回事，心情登時輕鬆起來，溫寶裕還在我的身後，拉住我的衣角，可是他又不是完全躲在我的身後，而是還在探頭探腦，向前看着，一副又緊張又好奇的神態。

我伸手在他頭上拍了一拍，道：「好啊，見了幾十具棺木，就慘叫着棄甲曳兵而逃，你這算是什麼冒險家。」

溫寶裕苦笑：「這種情景，你見了，能說不害怕？」

我哈哈大笑了起來：「怪是怪了一點，也不必嚇成那樣，你知道這屋子分成兩翼的原因了嗎？左翼是住人的，右翼，根本整個是一座陵墓。」

溫寶裕聲音之中，充滿了疑惑：「陵墓？哪有這樣子的陵墓？」

我笑了笑：「就是有，在菲律賓，富有的華僑就在祖先的陵墓之上，建造華麗的房子，雖然不供人住，但是甚至連現代化設備也應有盡有，目的自然不是出於他們對先人的尊敬，而是炫耀財富，不能說是一種正常的行為。有一次我曾去參觀過一個那樣的『墓園』，就曾不客氣地指出，在一個這樣貧窮的國家之中，作這種豪舉，那無疑是在為他們自己建造陵墓。」

溫寶裕聽了，才長長吁了一口氣，點頭：「我也在報章上看過有這麼一回事……怪只怪你剛才說了那些話，所以才害怕的。」

我笑着，向下走去，他跟在後面，已不再牽我的衣角了，走到下面，把手電筒揀了起來，那電筒掉在地上時，還是亮着的，可是跌下去的時候，不知碰壞了什麼地方，一拿起來，反倒熄了。溫寶裕搖晃拍打着，也沒有再亮起來。

只有我手中的一隻電筒，光線自然更加暗淡，我四面看看，粗略數了一下，竟有上百具棺木在，一色的黑漆，漆工極好，那是經年累月，一層又一層漆加上去的結果，棺木的形制，是中國南方式的——南方式形制的棺木，甚至還講究線條美，看起來有一種莊嚴感，一頭比較高翹，有類似建築物上的飛簷也似的裝飾。

我只看了一下，便覺得這許多棺木，在一起的情形，固然不容易見到，可是這裏卻另有一種怪異之處，就是所有的棺木，都沒有靈位，另外也沒有什麼靈龕之類的物件在。

那也就是說，這些棺木中，如果有屍體的話，除非是極熟悉當時排列的人，不然，很難辨認出棺木中放的是什麼人。

而且，為什麼棺木只是放在地窖中，而不埋在地下呢？中國人似乎並沒有這種喪葬的習慣，只有西方人才有，歐洲幾個大教堂中，石棺是放在地面上，再加上石像以供人憑祭的，中國人有這種情形的極少。

在我心中有疑惑時，溫寶裕也注意到了這一點，他用手拍着他身邊的一具棺木，笑了起來：「我真是自己嚇自己。這些棺木全是空的。」

我向他望去，他已完全恢復了正常，指着棺木：「看，上面沒有牌位，如果葬了人，一定有什麼某公某某之靈的字樣，所以，這些全是空的，我看這一邊，也不是陵墓，這裏那麼多棺木，都是收集品。」

我不禁笑了起來：「你胡說什麼，哪有人蒐集棺木的？」

溫寶裕道：「難說得很。」

他一面說，一面用力去抬他身邊那具棺木的蓋子，可是卻抬不起來，他轉過頭，示意我去幫他一下，我搖着頭：「小寶，你的觀察力還不夠詳細，你仔細看，就可以發現棺蓋是釘上的，雖然釘上之後，又曾加過漆，但是還是可以有痕迹看得出來的。」

我用電筒照向棺蓋的邊沿，溫寶裕低頭去看，又用手摸着，笑了起來：「果然。」他遲疑了一下：「那麼，怎麼辨認在裏面的是什麼人？」

我搖頭：「想來總有方法的。」

溫寶裕長長吸了一口氣：「這些全是陳長青的祖上？」

這是我剛才戲言時的假設，現在看來，也可以成立，所以我「嗯」了一聲。

溫寶裕在一個一個棺材中走着、撫摸着、拍打着，口中喃喃自語：「他家裏祖宗倒多，到了他這一代，怎麼只有他一個人了？」

然後，他忽然有所發現，倏忽轉過身來：「不對，我認為這些棺木之中，沒有死人，只是放了不知什麼需要隱秘收藏的東西，那邊屋子中有的是工具，我們弄開幾具來看看？」

我吃了一驚，這小子，真有點無法無天了，忙道：「萬萬不可，驚動他人的先人骸骨，那是極大的一種侮辱。」

溫寶裕居然糾正我的話：「在傳統上，被認為是一種極大的侮辱。」我又是好氣，又是好笑：「小寶，陳長青是我們的朋友，是不是？你想，如果他在場，他會同意我們這樣做嗎？」溫寶裕想了一想：「不會，他若是同意我們這樣做，他自己早就這樣做了。」

我道：「是，他為什麼從來不對我們提起這屋子的情形，是因為他知道，屋子，根本是一座陵墓，是為死去的人而建造的。為死人造那麼華麗的墓室，自然是一樁十分愚昧的事，他這個人好面子，當然不好意思在他的朋友面前提起。」

溫寶裕吸了一口氣，沒有說什麼，不過看起來，他並非十分同意，說話時，他已在整個地窖中轉了一轉，一列列的棺木，集中在廣闊的地窖中心，四周圍仍然有不少空間。

溫寶裕走到了一角，大聲道：「那麼，我們要做的，只是找出那不見了的一層來了？」

他說着，用腳在地上頓着，在牆上踢着，我不禁笑了起來：「你慢慢找吧——不過這樣找法，是找不出來的。」

看到了那些棺木，我想到造屋子只是華麗墓室的無聊行為，太極八卦九天之類，自然是應陰陽風水之需而定下來的，在我心中，怪屋子的神秘感已然消失了，自然也提不起什麼興趣再探索。

自然，屋子中值錢而又值得欣賞的物件極多，但那不屬於神秘事物的範圍，我的興趣不會太大，大可以照陳長青的意思，留給溫寶裕去慢慢發現整理。

溫寶裕用十分訝異的目光望着我。顯然不明白何以我忽然之間，興致索然，我向他作了一個手勢，示意先出去了再說。他雖然一副依依不捨的神情，但是一個人又有點不敢逗留，所以只好跟着我出來。

我們又上了五樓，通向左翼，再下樓，離開了那幢屋子，看看時間已接近午夜，我們在那屋子之中，不知不覺，竟花了將近六小時。

六小時，而我們只不過是大體上看了一下而已，可知我適才對溫寶裕說，這屋子可以花他二十年時間，也不算是太誇張了。

我把沒有興趣的原因向溫寶裕說了，他默然不語，直到上了車，他才道：「其實，這屋子之中，一定有很多故事可以發掘出來的。」

我笑了一下：「是啊，等你去發掘。不過記得，不能去擅開人家先人的棺木。」

溫寶裕翻了翻眼：「若是真到了非開不可的地步，那也沒有辦法。陳長青把屋子一切都交給了我，他也一定早知屋中有棺木，也知道我是什麼都敢幹的。」

我知道他什麼都敢幹，所以也不好再說什麼，只是笑道：「不要再嚇得連手電筒都丟了就好。」

溫寶裕有點不好意思地笑了笑：「我如果要用錢，可不可以賣掉一兩件值錢的東西？當然，我的錢是用來探索那屋子的秘密的。」

我想了一想：「可以，不過你年紀小，去賣古董會吃虧，我可以介紹幾個人給你。」

溫寶裕顯得十分高興，有點坐立不安，看起來一肚子計劃的樣子，我沒有問他，他有點憋不住，道：「第一步，先把沒有燈的地方全拉上電線，不然，白天那屋子只怕也暗得可以。」我不置可否，順口答應了幾聲。我先送他回家，他立刻着我要了我剛才說的「幾個人的名字」，然後我才回家，發現白素正在看那些圖樣。

白素見了我就問：「一大一小，夜探怪屋，結果怎樣？」

我笑道：「乏善可陳，一點也不驚險刺激。」

白素揚了揚眉：「應該很有點苗頭，一層屋子整個不見了。」

我道：「就是這一點比較難解釋一些。」

接着，我就把經過情形，和我的想法，說了一遍。白素笑了起來：「教人家小孩子賣古董，這太過分了吧。」

我笑道：「那有什麼關係，取之於屋，用之於屋，反正陳長青把屋子給小寶的時候，早就應該料到這一點的。」

白素又側頭想了一想，沒有再說什麼，把圖紙疊了起來：「我不以為一個英國設計師會懂得陰陽五行九宮八卦，不妨去查一下那個泰雲士建築師的底細。」

我做了一個「何必多此一舉」的手勢，白素放好了圖紙，合上箱蓋，在我來看，這件事已經告一段落了。

這件事，當然沒有告一段落，相反地，只不過才開始而已，以後發生的許多事，都是在這時候絕料不到的。不過在以後的事情還沒有發生之前，有一個小插曲倒可以敘述一下。

第三部

一對珍貴絕倫的瓶子

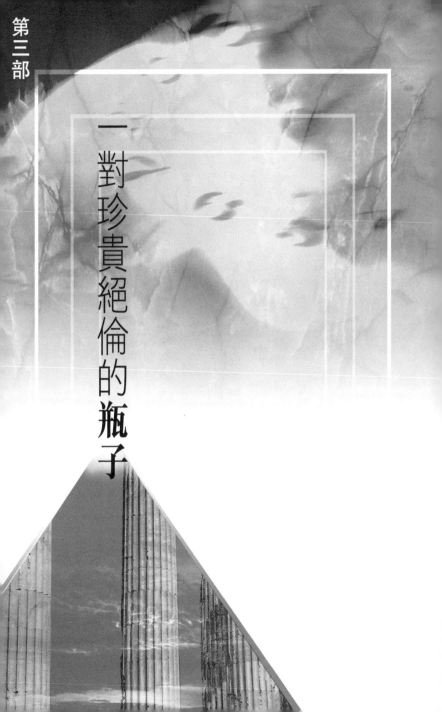

是在三四天之後，下午，忽然接到了一個古董商的電話，那古董商的生意做得極大，而且是一個十分內行的行家，一接到他的電話，我就想起，那天晚上在給溫寶裕的幾個人名之中，他排第一。他在電話中氣咻咻地道：「衛先生，我收到一個小孩子送來的瓶子——」

我知道溫寶裕在開始他的計劃了，就糾正他：「不是小孩子，是少年人，甚至已勉強可以算是青年人了。」

對方道：「不管他是什麼人，是你介紹他來的？」

聽得他呼吸急促，我有點好笑：「是啊，他拿了什麼好東西給你？你可不能殺他的價錢。」

對方呆了一會，才道：「一對青花雞首白瓷壺，絕對是遼代精品，衛先生，這對瓷壺我可以出價八十萬美元——當然我脫手會有錢賺。」

我笑了一下：「那還有什麼問題，他年紀輕，別給他太多錢花。」

對方遲疑了一下，才道：「問題是，問題是……這對瓷壺，是上譜的。」

我知道「上譜」是什麼意思。珍貴的古物（西方，罕見的珍寶也有同樣的情形）一定有人編入書冊，詳細說明它的來歷、特徵、出土日期、轉換物主的情況，等等都記錄在案，這就叫「上譜」。詳細的記錄，甚至還有古物的圖片，在攝影術還未曾發明之前，有精細的着色描繪。

這時，那古董商特地提了出來，語氣又相當異樣，使我感到，其中一定有多少問題在。

我就問：「那又怎樣？」

對方道：「這對瓶，由於在當時，也是精品，首先被列入《遼金精品瓷錄》之中，後來轉入宋室宮廷，南宋時，曾在丞相賈似道的皮藏錄中見過，後來南宋滅亡，宮廷的奇珍異寶，失散了一半，另有一半，由蒙古王朝接收——」

他說到這裏，喘了幾口氣，我也聽得有點發愣。

我相信，溫寶裕絕不知道這對瓶子會有那麼大的來頭，他一定只是順手拿了去賣的，是恰好他拿了一對極珍貴的古物，還是那屋子中的每一樣東西，根本全是有那麼驚人的來歷？

我催道：「請說下去。」

對方吸了一口氣：「然後，在歷年戰爭混亂之中，這對瓶一直在宮廷之中，沒有紀錄，明朝末年，天下大亂時，闖王打進北京，丞相牛金星拷掠北京的富戶，才再有這對瓶的紀錄，記錄者稱這對瓶為天下十大精品之一，不知落入闖王哪一個手下之手，結果，就沒有了下文，一直到現在，才又出現。」

我呆了片刻，對於陳長青的上代，我一無所知，難道追溯上去，竟和闖王李自成有點關連？但這種想法，一閃即過，因為就算這對花瓶，最後出現的紀錄，和闖王有關，也絕不能證明陳長青上代和李闖王有什麼轇轕的。

古物珍品的買賣，古今中外皆然，都蒙上一片神秘的色彩，一幅倫勃朗的畫在瑞士拍賣，轉了手，不會有人知道賣主和買主是什麼人，這種情形，十分普遍。

從那屋了的情形來看，陳家的上代，不但十分富有，也極好蒐集古物，所以滿屋子都是精品，不知道是經過了多少年才蒐集來的。

我問：「照這樣說，應該不只這個價錢了，還有什麼問題？」

對方道：「瓶是三天前交來的，我立即親自上倫敦去鑒定過，絕無問題，我只是怕……那是這少年用不正當手段得來的，將來他家長追究起來……」

我笑了起來：「你千萬別在他面前有半分疑惑，我告訴你，他是全世界古董商人的財神，你得罪了他，看你以後還賺得了什麼錢，絕無問題，相信他好了。」

那古董店老板聽得我這樣說，才道：「有衛先生你這句話，我放心了……他……還有很多好東西？」

我不由自主搖頭：「我看這筆錢，他可以用很久了；你還想做生意，慢慢再說吧。」

古董商吞口水的聲音，在電話中也可以聽得見，他聽得我這樣說，自然垂涎三尺。這一對瓶，若是他能遇上買主，只怕一轉手之間就可以賺上一倍。

古董商，大多數自己也是古董的愛好者，見了這樣罕有的古物，怎能不心頭狂跳？

放下電話之後沒有多久，溫寶裕便跳跳蹦蹦來了，直衝進書房，叫道：「嘿，隨便拿了一對瓶，竟然賣了八十萬美金，真想不到。」

我沉着臉：「你可知道這對瓶的來歷？」

溫寶裕睜大了眼睛望着我，那古董商顯然沒有對他說。我把來龍去脈向他說了一遍，他吃驚不已：「那我是不是吃虧了？」

我道：「很難說，古董本來是沒有標準價錢的，你準備怎麼花用那筆錢？」

溫寶裕舉起手來，作發誓狀：「保證每一分錢，都用在探索那屋子的用途上。」

他神情莊嚴，說了之後，又補充了一句：「我來回的車錢，仍由我自己的零用錢中出。我相信陳長青也曾對這屋子下過一番探索工夫，只不過沒有成功而已。」

白素這時，出現在書房門口，讚道：「好，這才像一個成年人了。」

溫寶裕得意地挺着胸。白素道：「我帶你去銀行辦一些手續。我相信你是全世界最年輕的富翁了。」

溫寶裕坦然笑：「不是。那些東西，那些錢，都不是我的，我只不過代陳長青保管使用而已。」

溫寶裕這少年人，能和我們這樣投契，自然不是偶然的，我們早就看出他的性格有極其可愛的一面，頑皮歸頑皮，但實在與眾不同。

這件事，當時我也只以為是小插曲，但日後，才知道，也是一件相當關鍵性的事，那是後話，下面卻不會詳細提到的，而要諸君當一個啞謎猜猜。

溫寶裕有了錢，在陳長青的屋子中進行什麼工程，我並不詳細知道，接下來的一段時間中，我相當忙，為了兩卷神秘錄影帶的事而忙着，溫寶裕來過幾次，也沒有向我提起，只是說及他拉了兩個人在幫忙，一個就是昆蟲學家胡說，一個是他的舅舅宋天然。

等到弄清楚了兩卷錄影帶，竟然是能夠在時間中自由來去的高彩虹和王居風這一對寶貝對當時發生的情形的真實紀錄，我和白素從法國回來之後，又有另外一些事在忙着，溫寶裕來得也少，我只是隨口問問，他也沒有說什麼。

倒是那個古董商，顯然得了甜頭，三天兩頭打電話，問是不是還有古董要出賣，最後被我喝罵了幾句，其怪遂絕。

那天晚上，我還在看那篇有關阿房宮廢墟的文章。我有興趣，是由於秦始皇當時在地上造宮殿，在地下造陵墓，陵墓比宮殿還要壯大宏偉，宮殿已全然成了廢墟，但是地下的陵墓卻還保持得十分完好，只不過現代科技對於發掘那由外星巨人設計的陵墓，還全然無從着手而已。

白素照例在拆閱各種信件，才回來，自然先看電報、傳真之類，因為若不是急事，不會用這種方法來傳遞消息的。白素忽然道：「還記得胡明教授？」

我愣了一愣，放下了手中的文章。

胡明，我當然記得胡明教授，他是亞洲考古學的權威，一向在埃及開羅大學任教，做研究工作，若干年之前，我和他一起，在埃及有一段驚天動地的經歷，是我所有經歷中十分奇異的一段。

在那段經歷之中，我甚至運用牛頭人身的「牛頭大神」留下來的設備，把他的頭和身體，分了開來。這個個子矮小、精力過人的考古學家，足迹遍天下，自那次之後，我和他偶爾有聯絡。

（那次經歷，記述在題為《支離人》的故事中。）

我問：「他在哪裏？」

白素道：「傳真是從馬尼拉來的。」

我皺了皺眉，菲律賓是我所不喜歡的地方，當然是由於人文狀態太差之故，所以我道：「他到那地方去幹嘛？那地方，有什麼古好考的？」

白素笑了一下：「你自己看。」

她把一疊傳真紙遞了過來。第一張上，是胡明的短信：「衛，不知你古埃及文有沒有進步，所以仍用同樣古老的漢字寫信給你——」

我看到這裏已忍不住笑了起來，揚着信紙：「和考古學家做朋友真難，幸虧他用的是現代漢字，要是他用甲骨文或鐘鼎文來寫，雖然同是漢字，我還是一樣看不懂。」

白素沒有什麼表示，只是道：「信之外，他還說了一個故事，我看你得很花一點時間，看看他的這個故事。」

我聳了聳肩，繼續看下去。

第四部

一個支離破碎的故事

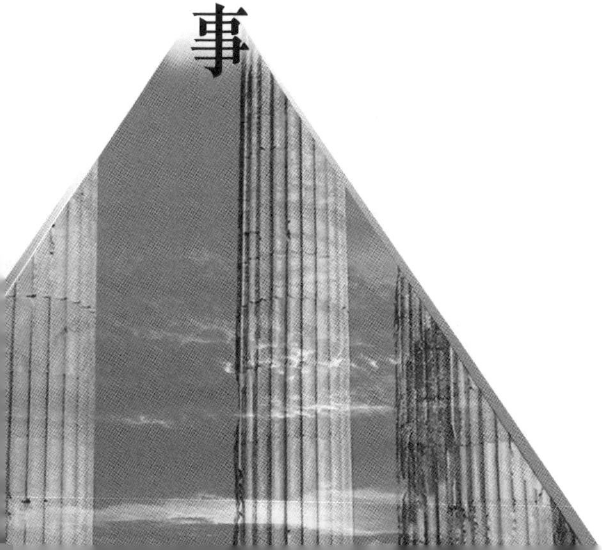

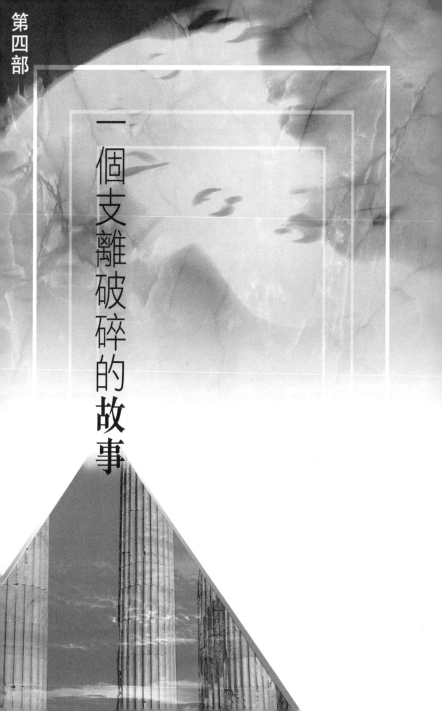

胡明的信，字迹相當潦草，我翻了一翻，除了第一頁是他的筆迹之外，其餘約有近三十頁，全不是他的筆迹，而是英文打字，那自然是白素所說的「故事」了。我不知道胡明為什麼要我看這個故事，希望他能在信中說明白。他的短信繼續：「在多年埋頭研究歷史之後，我忽然又有了十分稀奇的遭遇，遭遇的緣起，是由於我讀到了一個故事（附上故事的全部），請你一定也要看一看這個故事。」

他在這一句之旁，密密地加了不少圓圈，以表示其重要性。

我不由自主皺了皺眉，胡明是一個考古學家，他所說的故事，不見得會有趣，看起來故事還相當長，我在猶豫是不是要去看。

白素在一旁留意我的神情，自然知道我的心中在想什麼，她道：「你不妨先翻一翻倒數第二頁。」

我向她望了一眼，照着她所說的，翻到了倒數第二頁，一看之下，我不禁呆了一呆，那一頁，只有一半是文字，另外一半是一幅圖。

如果我只是第一次看到那樣的一幅由簡單的線條組成的圖形，我一定說不出那表示什麼。

可是這時，一看之下，我立即認出，這幅圖雖然只是隨手畫出來，並沒有運用繪圖的工具，以至有的應該是直線的所在，有點彎曲，但是大體上，算是畫得十分用心。

整個圖形，可以分成兩部分，一邊，全是六角形的，如同蜂巢一樣，可是每一個六角形之間，有着少許空隙。而另一邊，則只是一個同樣大小的框框，框內一片空白，什麼也沒有。

我在一呆之後，就「啊」地一聲，抬頭向白素看去，白素道：「故事的本身，也頗有吸引人之處，你不妨從頭到尾看一遍。」

我吸了一口氣，指着那幅圖：「這不是陳長青那怪屋子不見了的那一層的平面圖嗎？」

白素點頭：「看來極像。」

我不禁大感興趣，忙去看圖上的那半頁文字，想弄明白為什麼在這個「故事」之中，會出現了這樣的「插圖」。可是立即發現，白素的話是對的，我必須從頭看起，才能明白。

因為故事的本身，堪稱支離破碎之極，有的段落，甚至無頭無尾。就算從頭到尾看了一遍，也不容易將之貫串起來，想在其中的一段之中，了解故事，連梗概也不可能。

我後來自然把整個故事看完了，也會把整個故事記述出來，因為這個故事，在整個事件之中，佔着相當重要的地位。

當然，我是先耐着性子看完了胡明的來信之後，才開始看那個故事的，那幅插圖，把我的好奇心提高到了無可遏止的地步：陳長青屋子中不見了的那一層圖樣，怎麼會出現在胡明寄來的故事之中？這真是太不可思議了。

我急急地再看胡明的信：「故事像是一篇自叙，可是極不完整，甚至有的片段和另段之間無法銜接；看起來又有點像是一篇題材怪異的小說的不成熟初稿——你在看完了故事之後，自然會明白我的意思。

「這個故事中記述的事，引起了我的興趣，所以我來到了菲律賓的南部，一個叫比利倫的島上，你在地圖上，可以在萊特島的北面找到這個島。這個島的面積不大，最寬處只有三十公里左右，全島全是山，可是卻有十分奇特的社會環境，它是菲律賓政府和游擊隊經常交替佔領的一個地方。

「由於這個島的特殊環境，島上的居民，幾乎全是三教九流的特殊勢力分子，有游擊隊，有私貨販子，有軍火走私者……

「有來自各地避難的亡命之徒和犯罪分子，也有政府軍，情形之混亂，全然沒有社會秩序可言，我之所以詳細介紹這種特殊的情形，是因為了解了這些，可以比較容易明白那個『故事』。

「自然，現在情形，有了大大改善，政府軍幾乎已控制了全島，但請注意，那個『故事』發生的年代，我估計是在三十多年前，二次世界大戰結束後不久，韓戰開始的時候，也是這個島上最紊亂的時候，幾乎每個山頭都由不同勢力的人馬佔山為王，無法無天，互相之間為了爭奪金錢上的利益，火併廝殺，無日無之。」

我看到這裏，悶哼了一聲：「這種落後地區，看來現在情形也好不了多少，胡明跑到那種地方去，隨時會莫名其妙被槍殺。」

白素笑了一下：「別想得太恐怖了，他還要你去呢！」

我愣了一愣，向下看去，果然：「我來到了之後，初步探索，已有十分意料之外的發現，十分希望你能來，我的發現，可能比當年『支離人』、『牛頭大神』更不可思議，你在看了那『故事』之後，想必也有同感。雖然多年未相聚，但是我一直在留意你的種種記述，發現近年來你變得懶了，不願動了，這不是好現象，多親自動動，會對你有好處。」

我悶哼了一聲，對他的批評表示不同意，事實上，近年來我一點也沒有閒着，前幾天，還和溫寶裕去夜探陳長青的怪屋來着。

胡明的信繼續：「你來的話，由南岸上，一上岸就可以和我聯絡到。又，請代找一下我的堂姪，他在一間博物館服務，專管自然科學部分，他的名字是叫胡說——不念『說話』的說，念『不亦說乎』的說，請告訴他一下我的行蹤即可。」

我看到這裏，不禁道：「世界真小。」

白素道：「是啊，小寶不是正和那個胡說來往嗎？原來他是胡明的姪子，見到小寶時請他代告一聲好了。」我急於看那個故事，答應着，已開始看故事的第一頁，一直到看完，我呆了半晌。

白素問：「怎麼樣？」

我抬起頭來：「什麼怎麼樣？」

白素道：「故事我也看了一遍，你有什麼結論？」

一般來說，在看了一篇相當長的故事之後，總有一點意見可以發表的，白素問我「怎麼樣？」自然也是想聽聽我意見的意思。

可是，我卻呆住了講不出話來，只是反問她：「你看怎麼樣？」

白素的反應，和我一樣，也說不出什麼來，只是緩緩搖着頭：「很難說，十分奇特，我甚至不明白何以胡明博士在看了這樣的一個故事之後，竟然會不遠千里去造訪故事的背景，而且整個故事那麼凌亂，像是一個女人的自述。」

我呆了半晌，沒有說什麼，思緒十分混亂。

自然，在未曾把那個「故事」記述出來之前，我和白素的討論，在別人看來，都會不明情由，所以還是先說說那個故事的好。

但在未說之前，也要略作說明：

第一，故事是十分凌亂的，斷續的，看的人一定要看得相當用心，不然，會聯不起來。

第二，故事分成許多段，每一段或長或短，並不一定，每一段之前，都有一個標題，也是長短不一，我連這標題也保留了下來，並且在上面加上順序的數字，以便看起來容易一點。

第三，當時胡明並沒有在他的信中，說出他得到這個故事的經過，也沒有說明故事的來歷，那些，是以後才得知的，自然留待以後再敘述。

好了，以下就是那個我稱之為「支離破碎」的故事的全部，我曾一再說明，故事十分淩亂，現在再說一次。

一、問問題的小女孩

小女孩問：「媽媽，為什麼別人都有爸爸，我沒有？」

小女孩問這個問題的時候，仰着頭，昏黃的燭光，映在她充滿疑惑的臉上，令她臉上的稚氣，添上了幾分成熟。她的眼瞳之中，反映出搖晃的，發出暗黃色光芒的燭火，和極度的企盼。

她是一個十分美麗的小女孩，雖然才過了十歲生日，可是已經可以肯定，她長大之後，會成為一個出類拔萃的美人。即使是現在，在她的眉梢眼角之間，也已經可以隱隱地找到美女應有的神情。

她在發問的時候，必須仰起了臉的原因，是因為她發問的對象，是一個又高又瘦的女人。

那女人的身材十分高——高出了一般男人，又很瘦，所以看起來有點特異。

那女人站着，她的頭髮，甚至碰到了屋頂——那屋子，其實只是一個運用了各種材料搭成的棚，應用的「建築材料」包括了木板、紙片、鐵片等等。

那被用來作棚頂的鐵片上，有着明顯的坑紋，一看就可以知道是用來盛汽油的那種容量五十三加侖的大鐵桶剪開來之後再壓平的。

棚很低，那女人的身材又很高，所以她站着的時候，她蓬鬆雜亂的頭髮，就碰到了棚頂，而又由於那一支燭是從棚頂垂下來的，又有着簡單的遮光罩的緣故，燭光便照不到她的臉上。她整個頭部，都在陰暗之中，看不清她的臉面，只能看到她的頭髮，亂得像是一蓬野草。

她站在那裏，一動也不動，也不出聲。

小女孩在問了一次之後，得不到回答，仍然仰着臉。在她的臉上，有一種固執的，得不到答案絕不干休的神情。

女孩又問：「媽媽，為什麼別人都有爸爸，我沒有？」

小女孩問的雖然是同一句話，可是和第一次問的時候卻有了不同，不但她的語氣更急切，而且她的聲音之中，帶着明顯的哭音，可以預料到，她如果再把問題重複一遍的時候，她可能會哭出來。

這時，四周圍彷彿很靜，但實際上，卻有許多聲音，只是因為在這裏的人，都習慣了那些聲音，所以都不把它們當做聲音。

那些聲音，包括了斷續的槍聲，有時十分密集，有時只是零散地傳來——那是山上不知是哪兩幫人，不知為了什麼原因又在開火了。開火的原因，可以只是為了酒後的一句話，也可以是為了十箱簇新的軍火，可以是為了一個女人。也可以是為了整幫人的控制權。

也包括了此起彼落的犬吠聲，犬吠聲有時十分密集，有時只是零散地傳來——那是山下不知是哪些野狗，正在爭奪一根自山上掉下來的骨頭，或是人的肢體，上面還有可供啃吃的腐肉的那種，或者是一頭野狗，忽然憶起了不知多少年前的原始生活而發出的嗥叫，雖然在這裏的野狗，全是真正的野狗，因為嚼吃了太多的屍體，牠們的眼睛，看起來全是紅色的，在黑暗之中，閃耀着暗紅色的光芒，加上牠們白森森的利齒和長舌，看起來十足是一頭又一頭的惡魔。

也包括了此起彼落的各種人聲，卻全是婦人的詈罵聲和孩子的哭聲——怎麼聽不到男人的聲音呢？男人全在山上，而這裏是山腳下。

山腳下用各種材料搭成的棚子，住的全是女人、老人和孩子，男人就算是斷了腿，也寧願爬出去，爬到海邊去等死，也不願在山下。

這一切嘈雜的聲音，會令得對這個環境不熟悉的人手心冒冷汗，坐立不安，可是對熟悉這個環境的人來說，卻覺得四周圍靜得出奇。

小女孩仍然仰着頭，那女人仍然站着不動，全然看不清她的臉面。她蓬亂的頭髮，像是一大團無數糾纏不清的疑問。

二、媽媽和女兒的對話

「要爸爸有什麼用？」

「不……知道……可是人人都有。」

「誰向你說的？」

「他……他們。」

「叫他們把他們的爸爸帶到你面前來，讓你看看。」

「他們說……他們的爸爸……全在山上，他們的爸爸，全是了不起的人物……」

「不，他們沒有爸爸，沒有人有爸爸，山上……有很多人，可全不是任何孩子的爸。」

「媽媽，是不是……我的爸爸，也在山上？」

「不，你沒有爸爸。」

「我……為什麼沒有？」

「沒有就是沒有。」

三、不聽話的小女孩

小女孩不聽媽媽的話。小女孩自己在想：人家都有爸爸，他們的爸爸都在山上。我一定也有，一定也在山上。

她睜大眼，睡不着，翻來覆去地在想着，想着想着，她就相信了自己的結論。

她悄悄坐起來，向左邊望了一下，在鋪着乾草的木板上，她媽媽瑟縮着身子，看來已經睡着了。

小女孩的動作如幽靈，一點聲音也不發出來，這對於她來說，顯然十分習慣，證明她曾不止一次用這樣的動作偷出去而不被她媽媽覺察。

當她推開那用硬紙拼成的門時，也沒有發出聲音來，她身子閃了一閃，就閃了出去。

她不知道的是，在她閃了出去之後，她的媽媽就緩緩伸直了身子，而且轉過身來面向着門。

外面的月色可能極其皎潔明亮，而棚子又到處全是大大小小的隙縫，所以月光可以毫無顧忌地射進來，把黑暗的棚子割成許多塊。當她轉過身來的時候，恰好有一綹月光，映在她蠟黃的、枯瘦的臉上。臉是呆滯木然的，一雙大眼在這樣的一張臉上，也顯得格外地大，眼珠幾乎凝止不動，只是定定地望着門，沒有人可以在這樣的神情之中，猜到她在想些什麼。

四、小女孩上了山

小女孩出了棚子，山腳下，有不少這樣的棚子。外面的月色果然極好，抬頭遙望，可以看到灰濛濛的山峰，一個壓着一個，一個比一個更高。

小女孩平時悄悄出來，最多只是為了去逗一窩才出生的小狗玩，或是爬上樹去，找到了鳥窩，掏出鳥蛋打碎了吞下去。

她知道孩子是不能上山去的，可是今天晚上，她卻決定要上山去，為了她心中一個莊嚴的目標，她要上山去，人人都有爸爸，爸爸在山上，她就要上去找爸爸。

她堅決地向前走着，不多久，就開始踏上了通向山上的那條小徑。有兩頭野狗，看來不懷好意地跟着她，發出嗚嗚的低吠聲，她拾了一根又長又粗的樹枝，又時時轉過身來，蹲下身子，使野狗不敢太接近她。

於是，她成了上山的小女孩。

不多久，上山的小徑就不是那麼明顯。她要用樹枝撥開長到她腰際的野草，才能肯定自己還在上山的途徑上。在月光下，就算她不撥動野草，在黑黝黝的野草叢中，也會有綠幽的閃光，那種閃光，一閃一閃，有時只是一小點，有時是一團，看起來幽秘而詭異，而當她一用樹枝撥動草叢之際，那種閃光就會散開來，一點一點、一朵一朵地浮開去，在浮開去的時候，彷彿會帶起一下嘆息，或是一陣嗚咽，一種極度的不甘心，一種極度的冤屈。

小女孩對這種閃光並不陌生，她知道，這全是一根一根形狀不同的骨頭所發出來的。男孩子喜歡撿了一根骨頭，小心地在石頭上磨了又磨，然後趁着一個最黑暗的晚上，揮動它，它就會發出那種微弱的，綠幽幽的光芒來，像是一個幽靈在泣訴，何以會從一個活生生的人，變成了一堆枯骨。

人變成枯骨的原因在這裏有無數個，沒有人會去深究，這裏本來就是活人隨時會變成死人的所在——有什麼地方不是那樣呢？到處全是一樣的。

小女孩不知道自己走了多久，在這裏長大的孩子，都不知道什麼叫害怕，她甚至一腳踏在一個軟軟的東西上，撥開草叢一看，看到那是一雙被野狗啃去了一半的手，也不會因此多眨一下眼睛。

她終於來到了一塊大巖石下，前面看起來已沒有了去路，她抬頭向上望，上面有燈火在閃耀，也有人聲傳下來，那是聽來粗豪的人聲，男人的聲音。

她知道，所有的爸爸，全是粗壯的，看起來和孩子以及女人完全不同的男人，只有那樣的男人，才能發出那種令人心悸的聲音來。

她陡然感到了異樣的興奮：她的爸爸，可能就在上面，就在那塊大巖石上面。

於是，她昂起頭，深深地吸了一口氣，然後，盡她所能，用盡了她全身所有的氣力，雙手緊握着拳，雙臂先向上舉，然後又用力向下一沉，同時，腰也向下用力一挫，叫了出來：「爸爸！」

五、尋找女兒的媽媽

山頭上的男人，看起來一個一個都不像是人，而只像是一種稀奇古怪的野獸，沒有人知道他們為什麼會變成那樣子，只怕連他們自己也不知道。

在山上較平坦的地方，搭着許多就地取材，用樹木和棕櫚樹葉子搭成的棚子，棚子前的空地上，照例有着篝火堆，風過時，火堆的火苗會向上竄，灰燼會旋轉着向外移，一直到飄散消失為止。

火堆上有着許多各種野獸的屍體，有的已經烤熟了，發出誘人的香味；有的鮮血淋漓，才被剝了皮放在火堆上。

圍在火堆邊上的人，毫無例外地每個人手中都有雪亮鋒利的小刀，用來割下烤熟了的，或是半生不熟的肉，塞進口裏，和着能令人全身灼熱的土酒，用力咀嚼着，然後又努力吞下去，用以維持他們的生命。

有好多男人圍着她，可是那些圍着她的男人，雖然努力挺胸突肚，有的還舉着手臂，但是看起來，沒有一個比她更高。

她反倒顯得身形有點傴僂，雖然她這個年紀，只怕還不到三十歲，是不應該用這樣的姿態來站立的。

她的聲音，像是從什麼機器中擠出來的一樣：「我女兒呢？」

她已經問了很多遍，每問一遍，就惹來一陣哄笑聲，可是她還是問着。終於，有一個男人走向前來，也斜着眼，口角有涎沫流出來：「你女兒？跟我來，過些日子就會有，要女兒是不是？」

他一面說，一面走得離她更近，而且伸出手來，向她的胸口摸去。

當他在這樣做的時候，向四周圍望着，擠眉弄眼，一副得意洋洋的樣子，引得四周圍看着他的人，都發出了呼叫和轟笑聲，有的更催促他快點行動，各種各樣的粗言穢語，如同燒紅了的鍋子中忽然撒下了一把豆子那樣，自那些人骯髒的口中迸跳出來。最後，伸出手去的那人，自己也忍不住哈哈大笑了起來，一面笑，一面手指已向那女人的胸脯，疾抓了下去。

六、硬心腸的小女孩

小女孩只是閉上了眼睛，她除了閉上眼睛之外，還可以做點什麼的，可是她沒有做。她知道，胸脯要是被那種骯髒得像獸爪一樣的手抓上去，會很痛，痛得會流淚，會大叫，那是她昨晚上才知道的。昨晚她在巖石下大叫的結果是引來了幾個人，先是賊頭賊腦打量着她，然後就各自伸手，揑她的身子，她想避而避不開，就有了那樣的經驗。

她不想她媽媽被那獸爪揑抓，她可以飛快地衝出去，把那個男人出其不意地撞開，免得媽媽受辱。可是她卻沒有那樣做，因為她更多想到自己，她早就看到媽媽上山來了，也知道媽媽上山是來找她。昨晚上的經驗，她年紀雖然小，但也有點明白，一個長大了的女人上山來是多麼危險的一件事，危險的程度，就和一頭綿羊闖進了狼群一樣。昨天晚上在她的身上有幾十處青腫之後，那幾個人是因為她「年紀太小」而把她推開去的。

媽媽年紀不小了，不但是她，連別人也都認為媽媽是一個很好看的女人。

可是她卻一直只是悄悄地跟在媽媽的身後，硬起心腸。聽媽媽逢人就問：「看到我女兒嗎？」

她有她的打算：她是來找爸爸的，她知道媽媽和爸爸之間是一種什麼關係，所以她想到，媽媽為了找女兒，最後一定會找到爸爸那裏去，那麼，她就可以找到爸爸了。

就為了這一點理由，她仍然一動不動地躲在一叢灌木之中，像一頭野兔懂得如何掩蔽一樣地一動不動，只是盯着前面看着。

硬心腸的小女孩，是的，她是一個硬心腸的小女孩。媽媽為了找她而進入狼群，可是她卻硬起心腸，眼睜睜地看狼群怎樣吞噬媽媽。

媽媽一直對她不好？她實在說不上來，在她的記憶之中，媽媽似乎和別的所有人都不一樣，有時候，她甚至會自然而然地伸手去撫摸一下媽媽的臉，想弄清楚媽媽是真正的人，還是石頭刻出來的。

她只聽說過有一樣東西叫作「冰」，很冷很冷，是水變成的——她見過水，見過無數次，可是她一直不相信水會變成又冷又硬的東西，因為她從來沒有見過冰。在她的印象中，媽媽就是冰。

當媽媽不論用什麼姿態望向她的時候，她就覺得媽媽整個人都是冰，那一雙一動不動的眼珠更是冰，甚至會使她真的感到寒冷。

就算媽媽是冰塊雕成的，媽媽總是媽媽，就算她衝出去撞那個人，沒有什麼用處，她也應該衝出去。

可是她沒有，她是一個硬心腸的小女孩。

七、「她不是人！」

那個男人哈哈大笑着，那隻獸爪一樣的手，伸屈着，已快碰到她的胸口了，然後，陡然一下，向她膨脹的胸脯上抓了下去。

她一直站着不動，直到這時，才陡然揚起手來，一下子抓住了那男人的手腕。

接下來發生的事，令所有人都不能相信自己的眼睛。

先是那男人發出了一下淒厲之極的慘叫聲，接着，所有人全靜了下來，甚至連附近的野狗，也停止了吠叫，只有篝火堆中的樹枝，還因為火焰在吞噬着它們最後的生命，而發出「必必卜卜」的呻吟。

慘叫聲還在所有人的耳膜上鼓盪着，便是一連串，至少有五六下清脆的，難以形容的「啪啪」聲。沒有人可以知道這種聲音代表了什麼事，那男人踉蹌後退，滿頭滿臉都是汗珠，神情痛苦得令他的嘴，歪得幾乎到了耳邊，他剛才伸出去的手臂，可怕地垂着。

由於他退得十分快，所以下垂的手臂在晃動着——奇異地晃動着，他的手臂，顯然已不再是兩截，而是變成了六七截，在晃動之際，猶如一條被斬成了六七段，但是蛇皮仍然連在一起的蛇，而且，還發出了骨頭摩擦的那種不是十分響亮，但卻極度令人心悸，刺耳的聲響來。

這才使人知道，剛才那一連串的「啪啪」聲，是這個人的手臂骨，在片刻間斷成了好幾截，所發出來的聲音。

那人在退出了幾步之後，側過頭，看着自己下垂着的手臂。看他的右肩向上聳起的樣子，像是努力想把自己的手臂抬起來，可是斷成了好幾截的手臂，當然抬不起來，於是他用另一隻手去托他的斷臂，這又令他發出了第二下慘叫聲來。

折斷了的手臂，自然令他感到劇痛，也使他在全然不明白發生了什麼事之際，感到了極度的惱怒。他的慘叫聲中，就夾雜着狂吼，他陡然拔出了腰際的短刀，發狂一樣的衝向前，一刀刺向她的胸口。

四周圍的人，直到這時，才發出了一下驚呼聲——這下驚呼聲，是為了那男人突然手臂斷折而發出來的。

然後，立時又靜了下來，有許多人甚至是張大了口，在還未及發出驚呼聲來之後，就靜了下來的，因為接下來發生的事，又令他們發不出聲來——至少，要等心神上的震悸平靜之後，才能發出聲來。

鋒利的短刀，是山上的男人所擁有的最根本的武器，也是最低級、最原始的武器。高級而進步的武器，自然是各種槍械，甚至還有負在肩上發射的火箭筒。

可是即使是最原始的武器，在所有人的心目中，也都絕料不到一柄鋒利的短刀，會有這樣的遭遇。

他們都睜大眼看着，看到的是實實在在發生的事，可是他們卻無法相信。

他們看到，當短刀直刺向她的胸口之際，她甚至未曾眨眼，手也幾乎沒有什麼移動，就用她的食指和拇指，捏住了短刀的刀尖。

接下來，她的手腕，向上微微一翹，一下聽來震人心弦、極其響亮的

「啪」地一聲，那柄短刀，便已齊中，斷成了兩截。

不但所有人都呆住了，連那挺刀刺出的人也呆住了。剎那之間，他不覺得斷臂的痛，不覺得心中的怒，只是感到了極度的恐慌。他僵立着不動，所有的人之中，還是他最早出聲，他尖叫起來：「不是人，你不是人！」

她手中捏着半截短刀，隨隨便便一揮手，斷刀射出，直進了那人的右膝之中，那人倒地，仍然在尖叫：「不是人，不是人！」

在那人的尖叫聲中，她環顧四周問：「誰見過我女兒了？」

八、老婆婆

小女孩伏在一個老婆婆的背上——不，她不是伏在老婆婆的背上，而是老婆婆的手臂，那兩條看來像是枯柴一樣的手臂，枯瘦得輕輕一碰就會斷折的手臂，緊緊地箍住了小女孩的腿彎，令小女孩不得不在她的背上，儘管小女孩不斷掙扎，用雙拳搥打老婆婆的背，甚至搥打老婆婆的頭，可是她仍然不得不在老婆婆的背上，被老婆婆背着，飛快地向山上竄去。

真快，小女孩從來不知道人可以奔得那麼快，只有在她和別的孩子圍捕野兔的時候，才見過野兔奔竄得那麼快過。有一次，一隻野兔被圍捕的人趕急了，竟然一下子從她的頭上竄了過去。

那老婆婆上山的快，就和野兔一樣——眼看前面有一塊大石，擋住了去路，老婆婆快撞上去了，小女孩心中希望老婆婆在石上撞死，那麼她就可以脱身了，可是，就在那塊一定可以撞死人的大石之前，老婆婆的身子忽然竄了起來，一下子就越過了那塊大石。

老婆婆已經奔得快近山頂了，那是最高的一座山，高得早已越過了有人在的高度——那些在山上的男人，只怕也沒有到過那麼高。

老婆婆是突然出現的。

小女孩聽到媽媽在問：「誰看見我女兒了？」

沒有人回答，媽媽慢慢向前走，所有離得她近的人，都連滾帶爬向外避開去，每一個人的臉上，都現出駭然之極的神情來。

她向前走，繼續上山，小女孩仍然悄悄跟在她的後面；媽媽在找她，可是她卻躲在媽媽的後面，機警地掩蔽自己，彷彿那是她天生的本領。

聚在山上的人雖然多，可是山上是如此廣闊，有許多地方，除了形狀怪異的石塊和各種各樣的樹木草叢之外，也是沒有人的。

當媽媽走到一個看不到人的所在時，老婆婆就突然出現了。

老婆婆出現的時候，小女孩嚇了一大跳。她見過許多老人，但是從來也沒有見過那麼老的老人。

她根本不知道她是什麼時候突然出現的，由於怕媽媽發現，所以她離得相當遠，又要不時匿身在石頭後面或是草叢裏，就在她在草叢中躲了片刻，再一探頭時，就看到了那老婆婆，在開始時，她根本不以為那是一個人，還以為那只不過是一大橛枯樹的樁子，直到老婆婆開口說話，她才知道那是一個老婆婆，年紀大得不得了的一個老婆婆。

九、小女孩聽不懂的對話

媽媽一看到有人，就站住了問：「有沒有看見過我的女兒？」

老婆婆站着不動，翻着眼。在陽光下，如果說媽媽的眼珠是冰，那麼老婆婆的眼睛，不知道算是什麼，只好算是兩粒看起來根本沒有生命的白珠子。可是奇怪的是，這時老婆婆恰好迎着陽光站立着，陽光映在她除了皺紋之外什麼也沒有的臉上——臉上的眼耳口鼻，都和皺紋融在一起，分不清楚。可是她的一隻眼珠子卻有着強烈的反光，盯着她的眼睛看，那種強烈的反光，幾乎令小女孩睜不開眼來。老婆婆的聲音，嘶啞不堪，聽起來十分不舒服，她在回答媽媽的問題：「女兒？你的女兒也不見了？」

媽媽陡然連退了好幾步，小女孩只能看到她後退的背影，可是小女孩卻在背影中感到，媽媽心中感到了難以形容的恐懼！

小女孩一點也不明白為什麼，剛才，她已經可以肯定媽媽有着難以想像的本領，可以對付兇悍的男人，這種本領，幾乎和一直流傳在島上的那個傳說差不多了。

傳説是：在島上，最高的山峰上，住着一伙妖魔，這伙妖魔盤踞在山上，不知有多少年了，也不知總共有多少個。這伙妖魔有極大的本領，來去如飛，行動如電，要人生就生，要人死就死。

人人都相信這伙妖魔的存在，雖然誰也未曾見過他們，可是連最兇悍的人，也不敢上那最高的山峰去。

在山上的男人，以誰的棚子搭得最高來表示地位和勇氣，可是山中地位最高，勇氣最大的幾個人，他們所搭的棚子，離頂峰還有一大截距離。

他們不敢再向山上去，為的就是怕在山頂上聚居的那伙妖魔。

小女孩曾目睹媽媽的本領，為什麼她現在會感到那麼害怕，連遠在幾十步外的小女孩，也可以在她的背影中感到了她的害怕？

媽媽在退出了幾步之後，像是見鬼一樣地叫了起來：「你，你，你……」

老婆婆逼近了一步：「你也知道，找女兒，一心想把女兒找回來是什麼滋味了？」

小女孩完全聽不懂老婆婆的話是什麼意思，她悄悄向前走出了十來步，又躲在一塊大石後面。

老婆婆繼續說着：「女兒是心連着心，血連着血，肉連着肉的，怎麼會走了呢？怎麼會要做媽媽的到處去找呢？」

她在這樣說的時候，把頭抬了起來，使她滿是皺皮的脖子拉長了些，她的聲音有點發顫，看她的情形，像是正在向老天問問題。

天上自然沒有回答她的聲音，反倒是媽媽，忽然叫了一聲：「媽。」

小女孩聽了，心中奇怪極了。

小女孩一直以為媽媽是最大的大人，從來也沒有想到過，媽媽也會有媽媽。

那老婆婆一定是媽媽的媽媽，不然，媽媽怎會叫她「媽」？

小女孩心中在想：媽媽的媽媽，是自己什麼人呢？

老婆婆緩緩低下頭來，雙眼在陽光的照射下，閃閃發光：「你叫我什麼？我以前倒是有一個女兒，不過狠心的女兒不要娘，硬着心腸走了，我從此之後，就再也沒有女兒，你剛才叫我什麼？」

小女孩更加不懂了，她不由自主搖了搖頭。媽媽在這時長嘆了一聲：「事情過去了那麼多年了，你……還……」

老婆婆發出了一下極可怕的嗥叫聲來，嚇得小女孩不由自主，伸手抓緊了石角。老婆婆的叫聲之中，充滿了痛苦，像是在心口被人插了一刀一樣：「那麼多年了，是的，那麼多年了，每一時每一刻，都在心痛，心痛自己的女兒，那麼多年了，竟然還能活着，這才叫……」

她講到這裏，又笑了起來，可是她的笑聲，卻比哭聲難聽了不知道多少，雖然陽光猛烈，可是小女孩還是感到了一陣陣發顫，一陣陣發冷。

媽媽的背影，看來也在發抖，更像是在努力掙扎着，因為她雙手握了拳又放開。可是在老婆婆可怕的笑聲中，她一句話也說不出來。

老婆婆的笑聲突然止住，四周圍一下子變得出奇地靜，小女孩可以聽到老婆婆和媽媽的喘息聲。

然而，老婆婆突然又開口說起話來，話說得又急又密，聲音嘶啞得可怕，每一句話，每一個音，都像是利刀在刮着人的耳朵。

小女孩半句也聽不懂。

剛才，她聽得清老婆婆的話，可是不是很明白老婆婆話中的意思，她不明白何以媽媽叫她為媽媽，而老婆婆又說自己的女兒早就不見了。

而這時，小女孩是根本不知道老婆婆在說些什麼。

在老婆婆說了一段之後，媽媽也說着小女孩聽不懂的話，兩個人愈說愈急，像是在爭論什麼，又像是在吵架，突然之間，兩個人都靜了下來。

媽媽急速地喘着氣，說的話，小女孩又聽得懂了，只是仍然不明白：「好，我沒有話說了，只不過想等找到了女兒再說。」

老婆婆聲音冰冷：「不必了，走掉了的女兒，哪裏還找得回來？」

媽媽苦澀地笑着：「再給我找一天。」

小女孩看出，媽媽十分想見她，非常盼望能找她回來，可是小女孩是硬心腸的小女孩，她仍然躲着不動，不出聲，她只是想跟着媽媽，想找到爸爸。

老婆婆又突然提高了聲音，講了幾句小女孩聽不懂的話，而且揚起她那鳥爪一樣的手來，媽媽這時，半轉過身，望着山腳下。

山腳下，是一個又一個的山峰，最遠處，有着海水的奇異的白光，山谷中是沉鬱的綠色，各種深淺不同的綠色，融成了一堆。小女孩發現媽媽的臉上，有一種難以形容的悲痛，全身在發着抖，在這時，可以看到她的眼珠不再是冰，而且還有淚水在流出來——雖然令她難以相信，但那一定是淚水。

媽媽慢慢舉起手來，老婆婆轉過身去，奇怪的是，老婆婆的身子，也在發着抖。

然後，媽媽一聲長嘆，揚起手來，盯着手上所戴的一隻戒指。

那隻戒指，小女孩印象十分深，當媽媽不是一動不動望着她的時候，大多數時間，就一直愣愣地望着那枚戒指。

媽媽從來也不脫下這隻戒指來，戒指看來沒有什麼特別，而這時，她卻脫下了那隻戒指來，放進了口中，臉上現出苦澀無比的神情，用力咬了一下。

媽媽一口咬下時，發出了「卜」的一下響，老婆婆在那時，身子陡然轉動了一下。媽媽突然笑了起來：「哈——」

可是她只是發出了「哈」的一聲，就沒有了聲音。她的口仍然張得極大，可是卻再沒有聲音發出來。而且，在轉眼之間，在陽光之下，小女孩看得清清楚楚，媽媽的臉上，變成了可怕的青紫色，不但臉上，手也是那樣，成了可怕的青紫色。

而且，她的身子搖晃着，向着一邊，倒了下去。

小女孩全然不知道發生了什麼事，可是卻也知道事情大大地不對頭了！

不過，她是一個硬心腸的小女孩，即使是這樣，她還是猶豫了一下。就在那一剎間，小女孩看到老婆婆的身子，慢慢蹲了下來，縮成了一團，簌簌地發着抖。

媽媽倒在地上一動不動，雖然媽媽多半時間是一動也不動的，可是這時的一動不動，和平時的一動不動不同。

這時的不動，使小女孩想到了一個字，死！

小女孩叫了起來：「媽媽！」

小女孩一面叫，一面奔了出去。

十、山頂上的妖魔

老婆婆還在向上奔，小女孩已經放棄了掙扎，她的拳頭已經痛得紅腫，以後當她想起，應該去抓老婆婆稀疏的頭髮時，她的手指已不十分靈活，無法達到目的。

小女孩還是不知道發生了什麼事，可是她卻知道，媽媽的死和老婆婆有關，而老婆婆又一直在向山頂上奔去。山頂上住着一伙妖魔，那麼，老婆婆是不是山頂上的一個老妖魔呢？

小女孩一想到這一點，心中害怕起來，老婆婆的後頸上，也全是一疊一疊的皺皮，她甚至感到老婆婆的身上，有一股臭氣發出來。

妖魔是會吃人的，叫人死就死！死亡對小女孩來說是十分模糊的概念，可是被妖魔吃掉，卻十分清楚，那是把身體一塊一塊撕下來，放在嘴裏嚼着，一塊一塊，生的有血，煮熟了有肉香，可是當煮熟了的肉，是自己的肉時，那會是一種什麼樣的氣味？

小女孩害怕得哭了起來，一面哭，一面叫着：「放我下來！放我下來！你是妖魔！山頂上的妖魔！你是山頂上的妖魔！」

老婆婆什麼都不理會，仍然飛快地向上奔，小女孩的聲音都叫啞了，但是她還是叫着：「別把我吃掉！別把我吃掉！放我下來！」

當她確切地感到自己會被妖魔吃掉之際，她實在十分後悔，不該偷上山來，不該偷偷離開媽媽，不該在媽媽上山來找她的時候，她仍然躲着，甚至，在媽媽死了之後，她也不是立刻衝出來！

硬心腸的小女孩後悔了，不過，後悔總是於事無補的，她仍然被老婆婆背着，向山頂上飛快地移動着。

她快被妖魔嚼吃了！

小女孩沒有看到妖魔，不知發生了什麼事，她突然之間什麼也看不到了。那並不是她的眼睛瞎了，她知道，而是她處身在一個極其黑暗的境地之中，所以什麼也看不到，她被關進了一間完全沒有光線透入的房間之中，心中又害怕又焦急。老婆婆把她關進去的，在快到山頂的最後一段路，老婆婆突然把她放了下來，她拔腳向山下衝去，老婆婆一伸手，她就什麼也不知道了。

小女孩再醒過來，人已在黑暗之中，聽到外面有許多聲響，有的聲響，是人在走來走去，有的是人在吆喝和說話，可是小女孩卻一點也聽不懂吆喝和說話的內容，還有許多像是打鐵一樣的「噹噹」聲，小女孩知道自己已經陷入了山頂傳說中那一伙妖魔的魔窟之中了！

除了是在魔窟中，什麼地方會這樣黑暗呢？她開始時，蜷縮着，一動也不敢動，發着抖，等候妖魔來咀嚼她，把她的身體一塊塊吃掉，可是等了又等，一直等到倦極而睡，妖魔似乎並不急着行動。

而當她一覺醒來時，她聞到了食物的香味，黑暗之中也看不清是什麼，狼吞虎嚥吃了之後，她在黑暗中慢慢走動，知道自己的確是在一間房間中，房間一共有六面牆，是一個六邊形。

妖魔一直沒有來，不，妖魔終於來了。

十一、小女孩是妖魔的同伙

小女孩終於知道，自己原來是妖魔的同伙。

既然是同伙，她自然也會說妖魔的話，她是慢慢學會的，開始的時候很難，漸漸就容易了，最後，她自然說得和妖魔一樣。

她也知道，媽媽和老婆婆在山中，若干時日之前，用她聽不懂的說話在爭吵，用的就是這種妖魔的語言，媽媽原來也是妖魔的一伙。

可是小女孩卻十分寂寞，沒有什麼人理她，一切全要靠她自己摸索，把她帶來的老婆婆對她最好，可是也硬逼着叫她每天一動不動地坐上好久，好久。

所有的人——妖魔的外形，看來和人一樣，只有一點點不同，就像小女孩、媽媽和老婆婆一樣——都像是有什麼事瞞着她，她也不去深究。

不知多少日子過去，小女孩長大了。

小女孩偷偷把自己所住的地方，畫了一幅圖，房子的樣子很有趣，離開了房間之外，若是對面遇上了人，若是兩個人都不肯相讓，就大家都無法通過。

在這樣情形下，相遇的人，有時會打架，打上很久，有時，其中一個會在另一個頭上飛過去。

人自然不會飛，那是跳躍，跳得像飛一樣。

（在這一段之下，是一幅平面圖，就是一開始時白素要我看的那一幅。是在倒數第二頁。）

（就是這一幅畫，吸引我看完了所謂整個「故事」的，看到這裏，只剩下一頁了，自然急急再向下看去，不多久也就看完了。）

十二、不是妖魔

小女孩愈來愈長大，她終於明白了許多、許多，可是她還是什麼也不明白。

直到有一天，帶她上來的老婆婆快死了，這時，小女孩自然早已知道老婆婆是媽媽的媽媽，而媽媽在是一個小女孩的時候，是一個比她更硬心腸的小女孩！

她知道了許多，可是仍然有許多不知道，老婆婆告訴她，他們不是一伙妖魔，實實在在是一伙人，可是連小女孩自己，也不免在心中自己以為自己是妖魔。

小女孩知道了許多事。

小女孩仍然有許多事不知道。

小女孩長大了。

第五部

棺木的X光透視照片

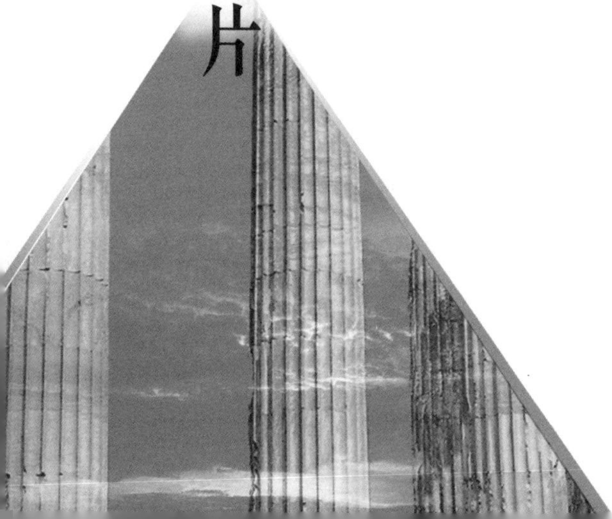

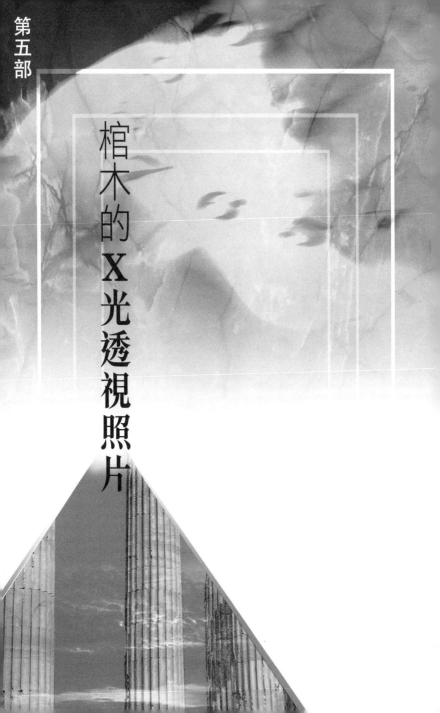

看了這樣的「故事」之後，只怕我和白素的反應，是屬於標準反應，因為實在不可能對這樣的「故事」發表什麼實在的意見。

我在呆了半晌之後，才道：「這算什麼啊，小說不像小說，劇本不像劇本，亂七八糟，簡直有點不知所云！胡明怎麼一看就知道那是在什麼地方發生的事，真是莫名其妙之至。」

白素態度比較冷靜：「故事的本身，倒不算沒有吸引力，也很容易看得懂。」

我攤了攤手：「試釋其詳。」

白素嘆了一聲：「其實你也懂的，不需要我特別作一番解釋。」

我十分認真地道：「不，我真的不懂，如果這個故事是一篇什麼文學作品，我自然懂，但如果是記述着一件實實在在的事情，那我不懂的地方太多了！」

白素低頭想了一會：「好，我們從頭開始，不照故事所叙的次序，把故事整理一下。」

我點頭表示同意。

白素道：「在一個海島的最高的山峰上，住着一伙人，這伙人有着十分特異的本領，又不和島上的居民來往，所以，久而久之，他們成了傳說中的妖魔。」

我想了一想，白素把「故事」的中心抽了出來，作為開始，重新組織過，自然聽起來有條理得多了。

白素又道：「不知道過了多久，忽然，這伙人中，有一個少女，背叛了這伙人生活所遵奉的信條，離開了這群人，參與了島上居民的生活，原因，多半是為了男女之情，這少女後來，生了一個女兒，丈夫大抵已離去或死亡，那少女，就是故事中的媽媽，女兒就是那硬心腸的小女孩。」

我嘆了一聲：「這些我全知道，故事也可能就是小女孩寫的，老婆婆是媽媽的媽媽，可是我不明白的是：真有那麼一伙人聚居在山頂，在那個島上？哪裏來的，目的是什麼？是來自什麼星球，回不去了，流落地球？」我說到這裏，用力一揮手：「這類事，我聽得太多了，實在不想再聽了！」

白素依然維持着冷靜：「那一伙人，看來不像是外星人，倒像是武林高手！」

我愣了一愣，回想「故事」中的某些片段，不禁發出了「啊啊」的聲音來，那男人的手臂斷折，他手中的短刀在刺出時被人捏住了刀尖，刀身又被輕而易舉折斷……健步如飛的老婆婆……

一切在「故事」中的敘述，在看的時候，覺得相當模糊，現在一回想，可不就是武俠小說中武林高手的行徑？

一想到這裏，我不禁又好氣又好笑：「我們上當了，所謂故事，只不過是一篇新派武俠小說的習作！」

白素道：「如果沒有那幅平面圖，我也會以為是。」

我緩緩吸了一口氣，事情是有點怪，不能將之簡單化。最主要的關鍵，自然是那幅平面圖——那是「小女孩」到了山頂之後，和一伙人一起居住的所在。

單是這一點，自然一點也不怪。

怪是怪在這平面圖，和陳長青那怪屋子中，只有圖樣而實際不存在的那一層建築一模一樣：這不是太不可思議了麼？

難道陳長青屋子的一層，會到了菲律賓的一個島的山頂之上？

如果是這樣，那麼，陳長青和山頂上的那伙妖魔，又有什麼牽連？

實在是無法設想下去，我用力搖着頭，嘆了一聲：「我仍然不明白胡明為什麼會被這樣的一個故事所吸引！」

白素笑了起來：「看來，胡明對你十分了解，不是賣了這個關子，你不會肯接受他的邀請！」

我笑了起來：「他錯了，我仍然不會接受他的邀請，他所說的奇異發現，大不了是發現了那六角形建築物，那該叫溫寶裕去。」

白素一揚眉：「恰好胡說是他的姪子，問問他們的意見如何？」

我拿起電話來，找溫寶裕，居然沒找到，找胡說，要他一和小寶有了聯絡，就到我這裏來，有要事相告。

溫寶裕是在傍晚時分，和胡說兩人氣急敗壞趕來的，一進門就叫：「什麼事？什麼事？」胡說看來和溫寶裕差不多高，而且還不如溫寶裕粗壯，他相當文靜，略見瘦削，不是那麼喜歡說話，大多數的時候，行動和言語，恰如其分，但是在適當的場合下，也會有一定程度的誇張。

他實在是一個相當含蓄而且很有深度的年輕人，本來我和他相識未久，印象雖然好，可是卻沒有什麼親切感，但這時知道他是胡明的姪子，自然大不相同。所以，一見了他們，我先向溫寶裕作了一個「閉嘴」的手勢，問胡說：「你從來沒有說起過你是胡明的姪子……」

胡說笑了一笑：「胡明博士是我的堂叔，算起來相當疏，而且，你也沒有問我……」

我點頭：「他要我轉告你，他現在，在菲律賓。」

胡説淡然置之：「在那裏考古？」

我笑了起來：「看來，他像是發現了陳長青那幢屋子消失了的那一層……」

溫寶裕和胡説兩人都一愣，顯然，這些日子來，他們是一起在研究陳長青的屋子的，所以聽得我這樣説，才會同時感到吃驚。

溫寶裕叫了起來：「在菲律賓？」

我道：「看來是，或者是，在菲律賓，有一個建築物，形狀隔間，和消失了的那一層一樣。怎麼，你們研究陳長青的屋子，有什麼新發現？」

溫寶裕和胡説兩人互望了一眼，忽然一起現出十分忸怩的神情來。這不但令我大是詫異，連在一旁的白素也道：「哼？小寶一定闖了什麼禍了！」

溫寶裕忙道：「沒有！沒有！我們只是把那具小型X光儀，搬了一個位置而已。」

我疾聲問：「從原來的位置搬到了什麼地方？」

我這樣問的時候，自然肯定溫寶裕一定玩了什麼驚人的花樣，他是個小滑頭，他要是用刀刺傷了人，也會說不過是把刀從刀鞘之中換了一個位置——換到了一個人的大腿肌肉之中。

溫寶裕向胡說望去，眼神中大有求助之色，胡說嘆了一聲：「好，是我提議的。其實也不算什麼，我認為屋子的兩翼，最值得研究的部分，是放滿了棺材的那個地窖——」

我呻吟了一聲：「你們弄開了棺木？」

溫寶裕高興起來：「當然不！要是弄開了，還搬X光儀幹什麼？」

我愣了一愣，他們兩人一搭一檔，倒把我弄得混淆不清了，原來他們是利用了小型X光儀，去透視那些棺木的內部。

這一點，我也十分有知道結果的興趣，說道：「結果怎麼樣？」

溫寶裕笑：「門門不落空，每一具棺木之中，都有一具屍體在。」

這一個發現，反倒相當出乎我的意料之外！

我曾粗略地檢查過一下這些棺木，棺蓋全是用一種十分傳統的方法密封的，本來，棺材是要用來安放屍體的，可是由於那麼多棺木之外，並沒有牌位來説明，所以我考慮那可能是陳家上代要來儲放什麼重要東西的一種掩人耳目的方法。

所以，如今聽説每具棺木中都有屍體，反倒有一點意外之感。

我自然知道陳長青的那具X光儀，那是若干年前，為了透視一個內中有一個人的靈魂的木箱而設置的，設備相當先進，可以拍攝X光照片，溫寶裕用的，自然就是那一具了。

X光儀在使用時，需要消耗大量的電能，那自然是那幢屋子中到處都有電源了，溫寶裕辦事，倒是十分能幹的。

我正轉着念，溫寶裕在解釋着：「你只吩咐不可打開來，我想，用X光儀照照，不算是不恭敬，要是不弄清楚，心中一直犯嘀咕。」

我吸了一口氣：「拍下來的照片呢，拿來看看。」

溫寶裕和胡說互望了一眼，各自作了一個鬼臉。

溫寶裕將一隻大牛皮紙袋，恭敬奉上：「一共是八十一具，那些屍體，看來都異常高大，身形最高的一個，竟然有兩百十九公分，要是活在現在，一定是籃球名將：美國雷克斯隊的渣巴，也不過是這個高度！」

我不理會溫寶裕嚕嚕的介紹，接過牛皮紙袋，打開，取出了一疊照片，向白素望了一下，兩個人一起看。照片的效果相當好，厚厚的棺木中的情形，在X光照射之下，暴露無遺，那情形和一般機場上用來照看檢查行李的效果差不多。

可以看得出，屍體外，都裹着一疊又一疊的壽衣或是被衾等物，許多金屬的陪葬品，在照片上形成各種深淺不同的陰影，根據形狀，隱約可以分辨出那是什麼東西來，我看了幾張，便和白素互望了一眼，我失聲道：「陪葬的物品中有兵器，大多數是劍。」

白素點頭：「而且，是十分長大粗笨的劍，這種劍，都是在戰場上用的。」

我苦笑：「真有點匪夷所思，陳長青的上代，難道是武將？」

溫寶裕和胡說兩人，本來顯然未曾發現這一點，這時一起湊過來看，一看之下，也都嘖嘖稱奇。因為在照片上可以清楚看出，和屍體一起在棺材中的武器，不單是劍、刀、斧、戟、鐧、什麼都有，而且看來都相當長大，顯然全是戰場上用的。

我一張又一張照片看着，八十一具棺木之中的屍體，看起來全是男性，這是從骨骼的形狀來判斷的。溫寶裕吐了吐舌頭：「好傢伙，這八十一個人，生前全是征戰沙場的大將？」

我搖頭：「怎麼會？這屋子建的時候雖然早，可是那時，也早已沒有什麼揮着長戈大矛上戰場的武將了！」

胡說沉聲道：「或許，棺木的歷史比屋子早？早得多？」

我用力揮了一下手，思緒十分亂。陳長青的屋子已夠怪異的了，還發現了一批棺木，棺木沒有標誌倒也罷了，偏偏其中殉葬品又那麼怪！

我一面想着，一面盯着溫寶裕所說的個子最高大的那具屍體的照片看着。

我曾注意過那具棺木，在所有的棺木之中，以這具為最大，被其他棺木拱圍在中心。這時在照片上，可以看到，棺木中的殉葬品也最多，有一柄大刀，比屍體還長，有一面直徑約五十公分的盾牌——相形之下，盾牌看來就顯得小了。

但如果棺木中的屍體是一員猛將的話，倒也合情合理，猛將上陣，甚至赤膊，自然是攻擊性的武器長大，防禦性的武器比較小，若是拿了一面大盾牌，光是擋擊對方的攻勢，哪裏還算是猛將？

還有一個形狀相當奇特的金屬陰影，乍看不能知道是什麼，仔細推測，可能是一頂式樣怪異的頭盔，還有兩個圓形的陰影，我幾乎立時可以指出，那是古時戰甲上的前後護心鏡！

毫無疑問，這具屍體在下葬時，是穿着一件相當奇特的戰袍的。

我向白素望去，白素一直皺着眉，溫寶裕和胡說在低聲交談，我大聲喝：

「說話大聲一點，好讓別人也聽到，最鬼頭鬼腦的事，莫過於在別人面前小聲交談！」

胡說臉上略紅了一下：「我有一個十分大膽的設想，可是必須打開棺木來看。」

我先不說什麼，只是示意他繼續說下去。胡說道：「單憑X光透視照片，實在是很難下什麼判斷的，若是打開棺木來，就可以一下子判斷這個屍體屬於什麼年代，棺內或者有文物，有文字記載，那就更容易肯定了。」

我笑了一下：「我完全同意你的意見，可是如今我們的目的是什麼？是找出那失去了的一層屋子呢？還是弄清楚棺木中死者的身分？」

溫寶裕大着膽子道：「兩者都要。」

我向他望了過去，他作狀縮了縮頭，其實，這小子才不會怕我，我道：「小寶，陳長青相信你，是你的朋友，假設這些靈柩中的屍體，就算不是陳長青的先人，也必然和他大有淵源，可以不驚動，還是不驚動的好——」

我看到溫寶裕低下頭，不出聲，又道：「真要和整件事有關連，自然也顧不得了，你以為我是忍得住好奇心的人麼？」

胡説和溫寶裕都笑了起來。

我把胡明的信，和那篇「故事」給他們兩人看，兩人飛快地看完，不約而同，一起眨着眼，胡説道：「這……算是一個什麼故事！」

溫寶裕道：「武俠小説，新派的。」

白素忽然説了一句：「假設故事中所説的一切，全是事實。」

溫寶裕接着道：「那麼，那個高媽媽是武學高手，老婆婆也是，至少輕功了得，那小女孩後來一定也學會了武功，因為老婆婆一直叫她長時期坐着不動，一定是在教她練內功！」

小寶看的武俠小説極多，是以立時可以回答得出來，胡説在一旁笑而不言，大有同意之感。我不由自主，揮了一下手，卻不料白素又問：「在山頂的一伙人，是什麼身分？」

這次胡説不讓小寶專美，疾聲道：「是一個秘密的幫會，或者是一個什麼教派。」

小寶還是搶了一句：「五毒教！」

胡説道：「何以見得？」

溫寶裕笑：「只有這種邪魔外道，行事才如此詭秘，那個高高的女人脱下戒指放在口中一咬就滿身青紫，可知是中毒而死，那戒指中一定含有劇毒。」

我哼了一聲：「孔雀膽？鶴頂紅？三笑追魂散？一品奪命丹？」

溫寶裕白了我一眼，大有「你懂什麼」之勢，我忍無可忍，正想説什麼，白素道：「他們沒説錯，他們是在那假設的前提下做出的推測，前提是：故事中所寫的一切全是真的。」

我不禁説不出什麼來，在這個前提下，似乎只有武學高手的行事，才會如此奇絕。

白素沉着聲：「假設是武林中的一個門派，隱居在這個島的山頂上，行事詭秘，其中的一個，若是違背了戒條，那當然是要處死的！」

溫寶裕揚着手：「對，所以在故事中，那個高個子媽媽就得按幫規或是教規自盡，那小女孩卻至少有一半是自己人，所以老婆婆把她帶進了總壇。」

溫寶裕竟然運用了「總壇」這樣的字眼，那使我不得不嘆了一聲：「你們對這個故事的詮釋，運用了超級想像力。」

溫寶裕望着我，一副似笑非笑的神態，我嘆道：「小鬼頭，想說什麼只管說。」

溫寶裕直了直身子，像是朗誦一樣，先大大吸了一口氣，才道：「——在沒有更好的解釋之際，再離奇古怪的解釋，就是唯一的解釋。」

胡說立時鼓掌：「說得真好，這是哪一個哲人的語錄？」

溫寶裕向我一鞠躬：「這是衛斯理先生常常說的話！」

那的確是我常說的話，事實上，我也並不否認那伙在故事中出現的「妖魔」可能是武林高手，但是我卻不認為故事中寫的全是事實。

換句話說，我根本不承認「故事」是真的。

我把我自己的意思說了出來，溫寶裕首先大表抗議：「那平面圖不可能是憑空設想的，一定是有那樣的建築物，而且，也不是巧合，這幫武林怪客，和陳長青的家人一定有十分密切的關係。」

小寶提出來的這一點，我和白素也曾想到過，可是由於其中的聯繫，只是那幅平面圖，沒有進一步的證據，所以才未曾進一步設想下去。

如今給小寶一下提了出來，我迅速思索着，還未曾說什麼，小寶又嘟噥着道：「陳長青真好，祖上可能全是猛將，又和武林中不知道什麼門派有關連，真神氣，哪像我，家裏開間中藥舖，提都無法提。」

溫寶裕說着，我和白素已不約而同，向他望了過去，這次，居然是白素先開口：「小寶，一個人要是先看不起自己的家庭，人家怎麼會看得起他？」

白素平日說話，很少這樣疾言厲色，而我想說的也正是這個意思，白素的話，已令溫寶裕低下頭去，漲紅了臉，我自然不必再說什麼了。

為了不使溫寶裕太尷尬，我道：「武俠小說之中，很多神醫一類的角色，小寶大有希望。」

溫寶裕笑了一下，向白素道：「是，我知道了……」

小寶的性格十分可愛，一說了之後，立即又活潑了起來：「單是陳長青的家世，就可以編出一個曲折離奇的故事來了。」

我高舉雙手：「我們都受了那個『故事』的影響！請注意，我們現在不是在編故事，而是有實實在在的事，等我們去解決……問題是，何以在菲律賓的中南部的一個小島上，會有這樣的建築，建築的平面圖，又恰好和陳長青屋子消失的那一層一樣。」

白素笑嘻嘻地望定了我：「你這樣說，就是也接受了那故事所說全是事實的前提了。」

我呆了一呆，白素那種說法，只是在玩邏輯上的把戲，她捉住了我話中的意思，想我也接受那「故事」是真事的說法。我立時也笑了一下：「好，算我說錯了，而且，胡明博士語焉不詳，也根本不知他在鬧什麼鬼，誰對那消失了的一層屋子有興趣，大可以自己去。」

我說到這裏，用力一揮手，用來表示事情雖然相當不平凡，但我決定不直接參與——近年來，頗多人批評我對事情直接參與的積極性大不如前，這種說法，似是而非，若是真有需要親自出馬的大事，我自然參加，小事，當然可免則免了。

溫寶裕和胡說兩人互望了一眼，溫寶裕一副躍躍欲試的神氣，可是終於還是搖了搖頭：「我是走不開的……況且，那怪屋子也夠我玩的了！」

胡說皺着眉：「本來，趁這機會去看看明叔也好，又恰好有假期，可是……可是……」

他說到這裏，望向溫寶裕，欲語又止，溫寶裕道：「不要緊，你只管去好了。」

胡說長長吸了一口氣：「老實說，這屋子太怪了，處處透着莫可名狀的怪異，要不是有你陪着，我一個人，連白天也不是很敢在裏面！」

溫寶裕脫口道：「膽——」

看他的神情，本來像是想罵胡說「膽小鬼」的，可是只說了一個字就住了口，而且不由自主，縮了縮頸，想來是他心中，也有點害怕，所以也就不敢說別人了。

那屋子的確相當古怪，但是也不至於古怪到了一個人不敢停留的程度，我瞪了胡說一眼：「你想去只管去，小寶不至於那麼膽小！真有什麼妖魔竄出來，教訓他一下也是好事。」

溫寶裕的神情十分異樣，像是我說的話，並不是虛言恫嚇一樣，這種神情，令我陡然之間心生疑惑，立時問：「你們這幾天，是不是在那屋子中發現了什麼新的怪異現象？」

胡說和溫寶裕兩人一起搖頭：「新發現每天都有，可是沒有什麼怪異——」胡說又補充說：「譬如說，棺木中有兵器陪葬，是相當怪異的事，可是……不是那種怪異……」

他的話，大有「此地無銀三百兩」之意，使我肯定，這兩個傢伙一定有什麼事瞞着我，不過我想了一想，覺得不會有什麼大不了的事，所以也沒有再追問了下去，我伸直了身子：「沒有人去，那我就設法回絕胡明博士了。」

胡說和溫寶裕又互望了一眼——他們的這種動作，使我確定，他們之間，一定有着什麼秘密的協定，或是正在進行着一件什麼事，看起來必須他們互相合作。

那當然是和陳長青怪屋子有關的事。

我淡淡地道：「如果你們正在研究那屋子，屋子消失的一層，是最神秘的一環，如今有了萬里之外來的線索，居然不能吸引你們，這實在不可思議。」

溫寶裕忙道：「實在是……屋子要研究的東西太多了，而且……」他用力睜着眼：「誰能說服我母親，讓我獨自到菲律賓南部去。」

我「哼」地一聲：「別亂用擋箭牌，你想去的話，南極也偷了去……」

溫寶裕嘆一口氣，望向胡說：「人不能做錯事，做了有事沒事，就會被人掛在口上。」

胡說有點心神不屬地笑着。我們在爭論，白素卻在行動，她取出了建築圖樣來，攤開，又把「故事」的「插圖」放在圖樣之旁。

「插圖」只是隨手畫出來的，當然沒有圖樣那樣精確，可是顯而易見，兩者是相同的，畫「插圖」的人，心思且十分縝密，連那些六邊形的房間的數字，都是相同的，一共是二百一十六間。

當我注意到白素在對比着圖樣時，我道：「六角形的房間一共是二百一十六間，小寶，這個數字有什麼特別？」

溫寶裕道：「六的三次方，也是六邊形空間最容易排列的一種圖形，蜂巢就是這樣建造的。」

白素在這時，低聲說了一句：「這種建築形式，不是很適合人居住，可是，那個小女孩，又曾在那裏居住過——」她說到這裏，抬起了頭來：「我認為胡明博士在那島上，不但已發現了這奇異的屋子，而且，也可能聯絡上了住在這屋子中的人。」

我吃了一驚：「他可沒有那麼說，只說發現了一些奇異的事！」

白素道：「他認為不明說，會引起你的興趣，不知道反倒引不起你的興趣。」

我想了一想，根據那個「故事」，若是胡明真的已經發現了那伙「妖魔」，那真是十分有趣的事。

根據推測，那群「妖魔」，除了是一群身懷異能的奇人之外，不能有別的解釋。

（我不用「武林高手」這個詞，寧願稱之為「奇才異能之士」，是因為那山是在菲律賓的一個島上，而不是在中國的華山之巔。而「武林高手」這樣的稱謂，是百分之一百中國化的，菲律賓人並不適用。）

這實在是十分有趣的事，我深深吸了一口氣，站了起來，先伸了一個懶腰，才道：「也罷，反正好久沒有和胡明見面了。」

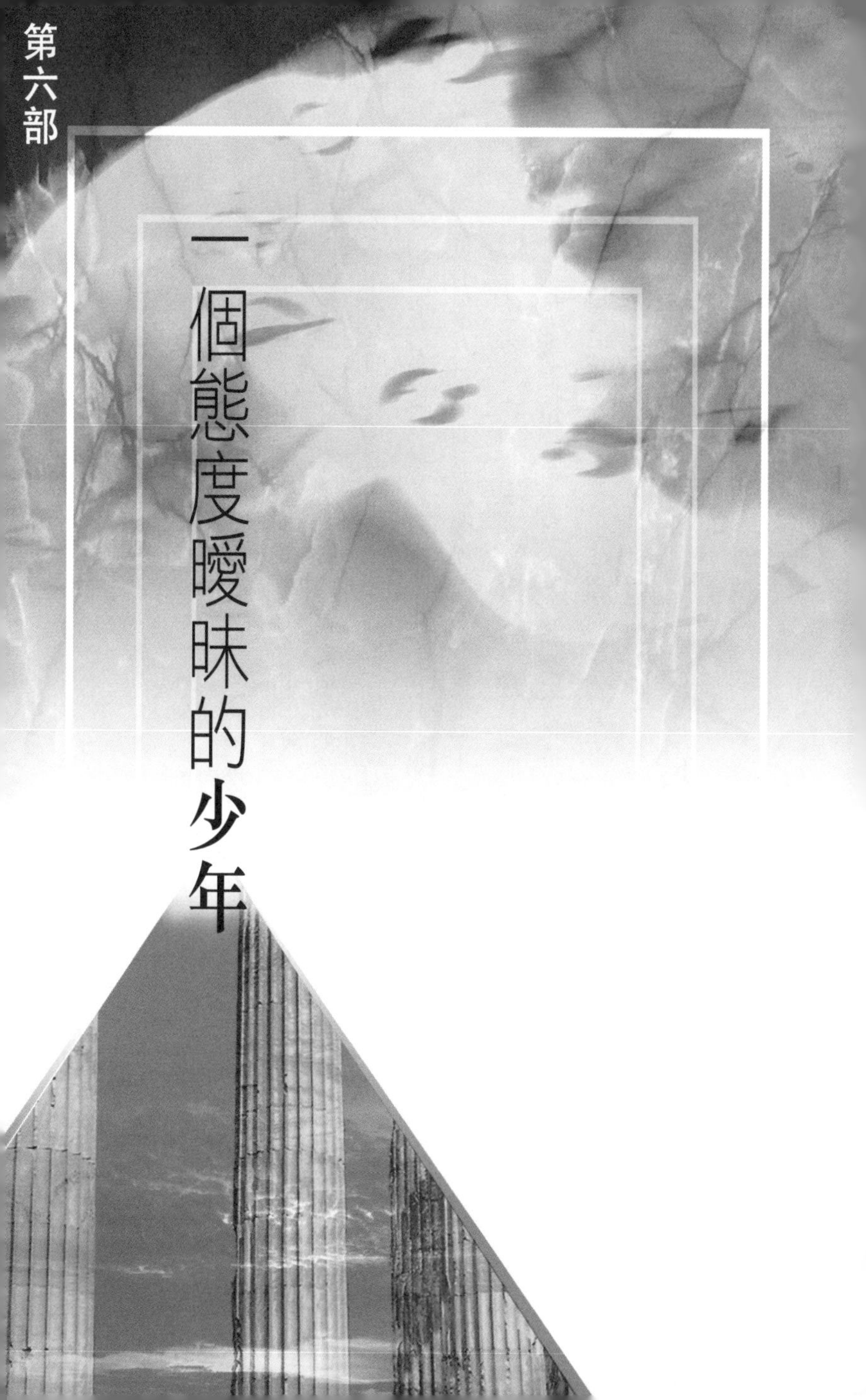

第六部

一個態度曖昧的少年

白素笑了起來——事情就這樣決定了。

當兩天之後，我搭乘着一艘陳舊的，顯然是超載的，秩序混亂不堪的渡船。船上的人都在大呼小叫，而且海風相當強烈，但是船上也瀰漫着一股令人欲嘔的臭味，渡船是駛向比利倫島南岸的，自萊雅特島的北岸看過去，游水也可以游得到，可是那老殘的渡輪，卻足足花了一小時才駛得到，而且在靠了岸之後，由於爭先恐後，反倒更令疏散的時間延長。

望着這種亂糟糟的情形，由於我只是過客，自然漠不關心，我到過許多更落後的地方，例如亞馬遜河附近的印第安人部落之類，深知人類的文明和落後可以相去多遠，所以見怪不怪，只是當幾個身上發着惡臭的流氓，靠近我，像是想在我身上打什麼主意之際，我毫不留情，用最直接的方法打發了他們。

上岸之後，我看到沿岸不遠處，像是有一個小鎮，一大群少年和兒童，向着看來不像是當地人的人——例如我，圍了上來，用各種行乞的方法開始乞討。

由於人數是這樣多，一時之間，我也不知道如何打發他們才好，而就在這時，我聽到有人在高叫：「衛先生！衛斯理先生！」

我循高叫聲看去，看到一個身形高瘦的少年人，距離我大約有二十公尺，被隔在人叢之外，正以一種十分奇特的姿勢，一面叫着，一面向上跳着。

他是直上直下在跳着的，每跳起一下，跳得相當高，一般人來說，直上直下的跳躍，很難跳得那麼高的。他跳一下，叫一下，方向也不固定，顯然他並沒有看到我，也不知我在哪裏，只是叫着，吸引我的注意。

我看了他片刻，肯定他一定是胡明打發來的人，我就應了他一聲。海邊雜亂之極，那高瘦少年的耳目相當靈敏，我應了一聲，他就向我望來，我向他揮着手，他不再向上跳，一矮身，擠進了人叢之中，轉眼之間，就來到了我的身前。

他有着相當醜陋的臉容，骨架很大，因此格外大手大腳大口，他嘻着大口：「我早料到是你，可是不敢肯定，所以才叫你幾下的。」

我皺了皺眉：「胡博士叫你來的？」

少年點頭：「對，每天有一班渡船到，胡博士吩咐我一見渡船靠岸就叫你的名字，見了你之後，就帶你去見他。」他說到這裏，側頭想了一想，忽然加上了一句：「不得有誤。」

這最後四個字，加在他的話中，自然是不倫不類之至，可是對方只是一個這種荒僻島上的少年，誰會和他多做計較？而且，看得出他相當熱心，一面說着，一面伸手來拉我的手，想帶我擠出人叢去。

我婉拒了他的好意，只是跟在他的後面，好不容易，離開了海邊，走在那鎮市的「街道」上。

我對這種狹窄凌亂的街道，自然不會有興趣，只是仰頭望着島上的主峰——在渡船上的時候，我已經注意到，島上最高的山峰，形勢極險，別說上面有傳說中的「妖魔」，就算沒有，要登上那樣孤拔的一座高峰，也不是容易的事情。

那少年一面帶着路，一面十分留意我的行動，他看到我在看山峰，就指着：「這是島上最高的山峰，名字是皇帝峰。」

我不禁愣了一愣，這是一個相當怪的山峰名字。名字本身並不怪，怪是怪在，在這樣的一個島上，會有這樣的名字。

地名的由來，大多數可以上溯到許多年之前，算是一百年或是兩百年前吧，這種島上，住的人只怕離開茹毛飲血的狀況不會太遠，怎會把一個山峰取名叫「皇帝峰」？土人怎知道皇帝是什麼東西？

我順口問了一句：「胡明是在——」

那少年忙道：「對，是在山峰上，胡博士吩咐，接了你之後，先請你在鎮上休息一下——」

我打量了一下這個鎮：「不必了，如果你方便，請你帶路，我想，山上，至少空氣會乾淨一點。」

那少年低頭想了一想：「現在就走，最後一段落，會是夜路——」

我「哦」然一聲：「夜路會有危險？」

那少年笑了一下——不知道為什麼，我總覺得這少年在咧着大嘴笑的時候，神情十分曖昧和古怪，一路行來，這種感覺已不止第一次了，這次，他笑的時候，就使人感到有「到那時你就知道」之意在內。

而且，我又感到：這少年處處在表現自己的笨拙：一個人本來就笨，和努力要裝作笨，是全然不同的兩回事，一下就可以察覺出來。

他為什麼要裝成很愚笨呢？如果說那是為了使我對他疏於防範，那麼，就證明他是不懷好意的了。

我心中這樣想着，未免向他多打量了幾眼，當我的眼光在他身上掃來掃去之時，他分明有點緊張，但是卻裝出若無其事的情形來。

我心中暗笑了一下，心忖：真是愈來愈有趣了，一個十五六歲的少年，也認為鬼頭鬼腦，就可以騙倒我，真是別再混下去了。

我讓他走在前面，順口問：「你叫什麼名字？」

那少年立時道：「李，李規範。」

他在報出自己的名字時，使用的是發音十分標準的中國北方話。而他本來一直是用着當地人的那種蹩腳英語在和我交談的。

這一點，頗出乎我的意料之外，我「嗯」地一聲：「華人？」

李規範在我前面，一面走，一面點頭：「是，菲律賓有許多華人，但是絕大多數，住下來之後，和當地人成婚，久而久之，也就成了土人。」

我笑了起來：「你家的上代——」

李規範挺了挺身子，像是十分驕傲：「我們家，一直沒有外地人，全是中國人。」

很少少年人這樣重視民族血統的純正的，這又使我感到意外。追求民族血統的純正，是最沒有意義的事，事實上，也根本無從追求起，歷史上，漢民族遭受過無數次劫難，每一次劫難，都是一次民族血統的大混合，哪裏還有什麼純粹的漢人？

李規範居然像是知道我在想什麼一樣，他又補充道：「我是說，我們家，來到菲律賓之後，未曾和外族人通過婚。」

我問：「你們家，來了多久了？」

他卻有點支吾其詞：「我也不很清楚。」

我愈來愈覺得他怪，可是又不能具體指出什麼來，只好盡量在言詞上試探。

可是李規範十分精明，竟然問不出什麼來。我們邊說邊走，不一會，來到了山腳下，山腳下有一片平地，乍一看，平地上堆着許多垃圾，仔細看去，才看到那是許多倒塌了、廢棄了的棚子，和許多殘舊不堪的箱子桌椅等物品，是一片奇特的廢墟。

一看到這樣的一片廢墟，我立時聯想起那個「故事」中，那小女孩的居住環境。若干年前，這裏當然全是密密的、各種材料搭成的棚子，住着許多女人和小孩，而男人，則全在山上當強盜！

這樣說來，那「故事」的真實性，又增加了幾分了。

在廢墟之中，有一條直通向前的小徑，雖然在光天化日之下，比貓還大的老鼠竟公然出沒。有一頭老鼠，在廢墟上，一下子竄到了小路上，卻停了下來不動，面對着我們，目光灼灼，成了真正的「鼠輩當道」，我一時興起，足尖一挑，挑起了一塊小石子來，扣在手中，一運勁，就彈了出去。

石去如電，那老鼠想躲，已經來不及，「吱」然一聲未曾叫出來，就翻了肚，四肢掙扎了一陣，就不動了。李規範回頭看了我一眼，卻沒有說什麼。

我看得出，他在望我的一眼之中，欲言又止，似乎想問什麼而沒有問。我也不心急，我知道，一般來說，少年人的心中，若是起了疑問，很難不問出來，只是時間遲早而已。

果然，到了兩小時之後，我們已在上山的路上，在一道清溪之旁，李規範提議休息一下，我也十分喜歡這安靜的環境，在溪道的大石上坐下來之後，李規範先自溪水中扯起一隻竹籃子來，籃中有許多不知名的山果子，他請我吃，大都清甜可口，我也不客氣，吃了個痛快。

吃到一半，他就問：「衛先生，你是武術名家——胡博士說的，你是哪一派的？剛才你彈小石子打鼠，準頭是很好了，可是勁道，像是不足？」

李規範的問題，前一節，聽了只令人覺得好笑，可是後一節，聽了卻令人着實吃驚！

我那隨隨便便的一彈，若是看在外行人的眼中，只覺得勁道強，準頭準而已，可是李規範卻看出了「勁道不足」的情形來。

的確，那一彈，勁道是不足的——為了彈一頭老鼠，何必使十足的勁道？我使的力道，連一成都不到：若說胡明介紹過我是武術名家，那少年留了意，那除非這少年，也是武學名家！

在那一剎間，我自然而然想起，我們討論「山頂上那伙人」之際，曾設想過的「武林高手」！

我裝着全然不經意，但心中着實緊張得可以。我隨口嚼吃着果子，一副不在意的神氣：「我的武功很雜，最初是跟杭州瘋丐學的，他的武功，來自浙江東天目的一個支派。後來又學了不少新的，對了，你的武功是什麼門派？倒不容易看得出來！」

我完全是隨口講下來的，李規範其實一點也沒有在我面前顯露過什麼武功，可是我卻先肯定了他會武功，又把自己的武功來歷說了一輪，再順口問他，這是一種十分有效的談話方式，對方若是不加防範的話，就會自然把答案說出來的。

果然，李規範顯然沒有什麼生活經驗，他幾乎連想也沒有想，就道：「我也很雜，有華山、浙江，還有雲南——」

他話說到了一半，就陡然住口，剎那之間，一張醜臉，漲得通紅，再加上我毫不客氣地注視着他，更令他手足無措，一時之間，連鼻尖都冒出了汗珠來，顯然他知道自己一不小心，說了絕不應該說的話。

可是我卻一點也不感到滿足，因為他所說的那半句話，實在不能說明什麼，至多不過是說明他的確曾學過中國武術而已。

不過這也算是一個收穫了，「武林高手」的假設，竟然一下子就得到了證實！這實在是極出乎意料之外的事，所以也令我望向李規範的眼光，顯然有點突兀和不禮貌。李規範在開始的時候，神情有點不知所措，但是接着，反倒有了一股倔強之色，再接下去，簡直有點躍躍欲試了，他雙手貼身放着，身子凝立不動，可是手指都在不斷伸屈着。

這本來是一個十分普通的動作，任何人都可以做得到的，可是他在連續做了超過一百次之後，手指在伸屈之際，已發出輕微的「啪啪」聲來。

他的動作愈來愈快，指間所發出的聲響，也愈來愈響，不過幾分鐘，竟然像是爆豆子一樣，「劈劈啪啪」，響之不已，他的醜臉之上，也現了一種異樣的光輝來。

就算剛才，我對他是一個武學高手還有點懷疑的話，這時，自然再無懷疑了。

我深深吸了一口氣，緩緩站了起來，向他笑了一笑，作了一個手勢，示意他先出手。他猶豫了一下，搖了搖頭，我再做一個堅決的神情，要他出手，他咧嘴再笑了一下，像是下定了決心，身形陡然一矮，「呼」地一掌，已向我當胸擊到。

這一掌的來勢不快，可是力道卻雄渾之至，由於力道大，所以掌風颯然，那是人體的功能帶動了附近空氣的流動，而空氣流動就變成了風的緣故，十分科學，一點也不神秘。

我看出李規範這一掌，一半是試探，一半是客氣，絕未使出全力；我也看出，李規範的性格十分沉毅，但是絕不蠢笨。我笑了一下，立時也一掌迎了上去。

雙掌相交的結果，全然和我預計的一樣，我當然也不會全力以赴，但是也足夠把李規範震得向後跌退了一步，令他醜臉之上，現出了十分旺盛的鬥志來，而我又在這時，再向他作了一個「請，只管出手」的手勢。

他笑了起來，在笑容中，有少年人的自尊和自信，一揚眉，就開始了他的進攻。

我一直沒有低估他，可是當他一開始就是狂風驟雨一樣的進攻，在開始的二十招之中，我着實有點手忙腳亂，窮於應付。不過總算還好，未曾出醜，一一應付了過去，而且開始了反攻。

在那道溪澗之旁，我們兩人拳來腳往，愈打愈快，漸漸跳躍如飛，超過三公尺寬的溪澗，我和他跳過來跳過去，像是在玩遊戲一樣，等到我們雙方發現，就算再持續下去，也不可能在實際上分出勝負，而且，更主要的是，雙方都不願意真有勝負之分時，各自發了一聲喊，自合而分，同時倒躍了開去。

李規範神情極興奮，揮着手：「真是，從來沒有和外人拆過招，你是讓着我吧。」

我笑了一下：「我讓你？我可不敢讓你，雖然你不至於想傷我，可我也不敢怠慢。」

這幾句話，我倒是由衷的，回想起剛才動手的情形，真是過癮之至，其中稍有差池，只怕就要受傷，驚險刺激，兼而有之，我也很久沒在武術上得到這樣酣暢淋漓的發泄，所以，我們自然而然，互相接近。可是，才走過了幾步，李規範突然站定，面色變得十分緊張，視線停駐在我的身後。

我立時覺察到事情有點不對勁，緩緩吸了一口氣，感到在我的身後不遠處，至少有三五個人在，而且，那些人一定是早已在那裏的，只不過現在才現身出來而已。至於他們什麼時候來的，慚愧得很，我竟然說不上來。推測起來，自然是我和李規範動手相當激烈的時候。

而且，從李規範的神情看來，他像是處於一種十分不安的情形之下，這又使我有點緊張，我想到，如果是有一群人，長期隱居山頂，過着與世隔絕的生活，採取一種十分神秘的生活方式——那「故事」之中的高個子母親，甚至是眼看自盡的，可知規矩之嚴，那麼，李規範和我動手，是不是會受到什麼處罰呢？

我和李規範見面不久，但是對他極有好感，這時，我一來要為自己解圍，二來也要為他解圍。所以，我「哈哈」一笑，並不立即轉過身去，但故意朗聲道：「原來有觀眾在，真是獻醜了。」

我話一出口，疾轉過身去，就看到有四個人，兩男兩女，站着，年紀都在三十歲左右。其中一個向我拱一拱手，並不說什麼，李規範在這時，從我身邊走過，到了那四個人身前，他開始和那四個人急速地交談着，語聲又低，講得又快。

自然，我如果走近一點，是可以知道他們在説些什麼的，但公然走過去聽人家説話，未免有點不好意思，所以反倒走開了些。

而看樣子，李規範不至於會受到什麼譴責，非但不會，那四個人對李規範的態度，相當恭敬，我只聽得李規範陡然提高了聲音：「不能再這樣下去！這樣下去，我們簡直就是死人，活死人。」

那四個人中，一個身形魁偉的大漢則沉着聲，可以聽出，他正在努力壓制着自己：「一定要這樣，這是先帝的旨意——」

李規範陡然用更高的聲音叫了起來：「什麼先帝，別自己騙自己了，我可不要——」

他説到這裏，兩個漢子一起向他做手勢，他也立時住了口，可是神情仍是悻然，有點不好意思地向我望了一眼，我假裝什麼也沒有聽懂。可是心中的疑惑，卻也達到極點。

如果我沒有聽錯，我聽到了他們在交談之中，提到了兩次「先帝」。「先帝」，就是已經死了的皇帝，不會再有別的解釋。這種名詞，是早已成了歷史，絕難在現代人的交談之中聽得到的了，因為雖然死去了的皇帝叫「先帝」，但是若不是和這個皇帝有十分密切的關係，還是不能稱死了的皇帝叫「先帝」的。

那大漢不但提及「先帝」，而且還提及「先帝的旨意」，李規範卻是表示了極度的反感，但是又不願說得太多，真是神秘之極。

這時，我的設想是，這一群武林高手，可能和歷史上的一個什麼皇帝有關係，和皇帝有親密關係的人，而要多年來，在化外之地這樣神秘地生活，這個皇帝，一定也是失敗的皇帝了。

我沒有再去深一步想，李規範已來到我的身前，像是什麼事也未曾發生過一樣，道：「衛先生，我們還要趕路。繼續上山，去見胡博士——」

他又挑戰似地道：「太陽快下山了，山路可不容易走，要小心一點才好。」

我笑了一下，看到那兩男兩女，身形閃動，已經轉過山角去，看不見了。我道：「那幾位朋友怎麼不見了？你還沒有介紹。」

李規範嘆了一聲，低着頭，向前疾行，我緊隨着他，他又嘆了一聲：「他們……他們……躲起來太久了，不想見陌生人，也不會見陌生人了……」

我笑了一下：「躲在山頂的怪房子中？」

在那個「故事」中，山頂的那房子，是有着窄小的，六角形的房間的。有那種房間的屋子，自然可以被稱為怪屋子了。

可是李規範卻並不理會我說的話，一下子躍上了好幾塊大石，才叫嚷似地喊叫着：「活在夢裏，活在一個噩夢裏……」

我只是隱約有點明白他那樣說是什麼意思，我可以肯定，這群隱居者，一定有他們自己的故事，而且，故事必然和中國歷史上的某些事件有關！只不過這時，我所得的資料太少，說不出所以然來而已。

他在這樣叫了兩句之後，像是故意在躲避我的追問一樣，身形極快，專揀看來無法攀登的陡峭之處，用極快的速度，向上攀升着。

他對登山的途徑，一定熟得不能再熟，從這塊石頭跳到另一塊，眼看無處可供行動，會忽然抓住一棵籐向上翻出去。

天色漸漸黑了下來，他動作迅捷依然，我不得不全神貫注跟着他，不敢怠慢，才能跟得上去，自然，我無法越過他，也不能向他問什麼問題了。

自黃昏起，足足有五小時，到接近午夜，我們沒有停過，只是在登山的崎嶇道路上追逐着。

如果不是我和李規範都有着深厚的武術根底，絕不可能在五小時之後，就接近山頂了。愈近山頂，就愈是陡峭，怪石連連，就算是一流的登山專家，循普通的登山方法，我估計至少也要三天，才能抵得上我們五小時的努力。

在翻過了一大片幾乎是倒突出來的懸崖之後，李規範站定了身子，我也站定了身子——就算李規範不站住，我也會停下來。

到山頂了。

山頂是相當廣寬的一幅平地，想不到山頂會有那麼大幅的平地，在山頂的中央，是一座巨大的建築物，那建築物的面積相當大，可是卻只有一層，很矮，所以看來，整座建築物，像是貼在地面上的一個什麼怪物一樣。

在午夜的星月微光之下，整座建築物都是漆黑的，沒有一點燈火，要仔細看，才可以感到，整個建築物，多半也是六邊形的，是一個相當大的六邊形。

我一面看着，一面緩緩地向前走，走到了李規範的身後。李規範聲音相當苦澀：「你見過這樣的建築物沒有？」

他的語調之中，充滿了對這個建築物的不滿，這一點，我並沒有同感，我道：「看來很偉大，有點像美國的國防部，不過一個是五角大廈，一個是六角大廈而已。」

李規範乾笑了一下：「你真會説話。」

我發現到山頂之後，李規範的神態，頗有變化，好像成熟了許多，也有點老氣橫秋。我正想問他，胡明是不是在裏面，突然看到，建築物大門向兩邊移開，大門大得出乎意料之外，移開之後，裏面一片漆黑，而就在黑暗之中，有兩列人，悄沒聲息地列隊，走了出來！

建築物內黑暗一片，山頂上也暗得可以，那兩列人的行動，又一點聲息也沒有，氣氛神秘之極，看起來就像是忽然有兩列幽靈，自亙古以來的黑暗之中冒了出來一樣，令人遍體生寒。

這時，我已和李規範並肩而立，我感到他的身子，像是在微微發抖，我偏頭一看，看到他的神情，又驚又怒，我壓低了聲音問：「什麼事？」

第七部

一群行為怪異的人

他陡然以又急又怒的聲音道：「你要幫我。」

他這四個字才一出口，我根本還不知道發生了什麼事，事情已經發生了。

那兩列像是自一個大怪物口中吐出來，在黑暗之中緩緩向前行動的人，看起來就像是兩列小怪物。他們的行動了無聲息，而且相當緩慢。可是就在那兩句話工夫，他們的行動，陡然之間變得快絕無倫，十幾條黑影，以不可思議的速度，向前疾撲了過來。

我才聽到李規範對我說：「你要幫我！」他向我求助，自然是有了麻煩，這使我想到，自黑暗中向前走來的人，可能要對他不利。事實上，那兩列人無聲無息向前移動時，充滿了陰森詭秘之感，叫人十分不舒服，這時，突然十幾條黑影疾撲了過來，那可以肯定，斷然不會是什麼歡迎儀式了。

在那一剎間，只聽到李規範怒喝了一聲：「你們——」

他的那一下怒喝，令我愣了一愣。當他說要我幫他的時候，我心中所想的是，他是一個闖了禍、犯了規條的少年，不應該和我動手，恐怕會受到苛責，所以要我這個外來者，在他的長輩面前，替他説幾句好話之類。

可是這時，他卻突然發出了這樣的一聲斷喝，雖然只喝出了兩個字，但是聲音之中，居然充滿了威嚴，一點不像是一個犯了錯的少年。

他本來分明是要指摘那些人的，可是他只叫出了兩個字，掠出最前面，看起來像是鬼魅一樣的四個人，陡地一揚手，一股「刷刷」的勁風過處，一團極大的黑影，已向着李規範當頭罩了下來。

我那時，正因為他的一下叫嚷有點特別，側頭去看他，看到了那種情形，由於事情實在太奇特，一時間弄不清是怎麼一回事，眼前一黑，有同樣的一團黑影，也向着我當頭罩了下來。

在那一剎間，我仍不知道發生了什麼事，但是既然有一大團陰影，迎頭罩下，總是要立即避開的，這時，我暫時只能顧自己，不能顧李規範了。

我只聽到李規範發出了一下憤怒的叫聲，那時，我的身子，已急速後退。

我應變算是極快，因為那一大團「黑影」——我還不知那是什麼，只好稱之為一團黑暗——向我壓下來的勢子極快，我立時後退，居然一下子就脫出了它的範圍。可是我應變快，但是採取的應變方法卻是錯誤的。

那是由於我對這裏的地形陌生，而在緊急應變之中，忘記了自己是才翻過了一個陡崖，才來到山頂上的，這一向後疾退，雖然避開了那一大片當頭壓下的黑影，但是卻已退出了懸崖之外。

而等我發覺這一點時，人已向下跌去，再也無法回到山頂上去了。雖然我懂得怎樣運氣，但總不能向上飛起來的，我雙手揮動着，盡量想抓到一些什麼，看來已經絕望了，突然，那一大片黑暗，竟然又降到了我的頭上，我一伸手，居然抓中了它的一角。

一入手，我就感到那一大片黑暗，竟十分柔軟，看來是一大幅絲織成的幕，抓住了它的一角之後，我身子又下墜了幾公尺，就止住了下落。

我乘機伸手，攀住了巖石的一角，鬆開了那幅幕。

我估計，在山頂上，一共有兩組人，向我和李規範突襲，方法是突然之間向我們揚起那幅大幕來，好將我們罩在大幕之下。

那的確是相當有效的攻擊法，若是被這樣的幕罩住，而幕又不容易碎裂的話，那麼，有再好的身手，一時之間，也必然施展不出。可是被幕罩住的人，由於幕相當柔軟，雖然會受制，也不至於受傷。

那幕展開來，一定極大，所以當我退出了懸崖之後，仍然向下罩來，有一部分越過了懸崖，在向下沉來之際，被我抓住，止住了我下墜之勢，而救了我。

當我心念電轉，估計着身處的形勢之際，我附身在懸崖之上，懸崖是向外倒着傾斜的，所以看不清山頂上的情形如何。

我只聽到一陣又快又輕的腳步聲，和一兩下聽來相當沉悶的怒喝聲，聽來像是自李規範所發出來的。接着，又是幾個人共同發出的低呼聲，還有一個低沉的聲音在叫着：「他跌下去了。」

這句話，自然是在說我了，那一定是他們把那大幕收起來的時候，發現幕下面根本沒有罩着人。那唯一的可能，自然是我跌下去了。

叫聲之中，顯得十分驚惶，這又使我略呆了一呆，但是我還是決定不出聲，並且盡量使自己的身子緊貼懸崖——這樣的話，即使上面有人探出頭來看，也不容易發現我。我又聽得一陣「刷刷」的聲響，多半是那幅大幕被收回去的聲響，接着，陡然之間，一切都靜了下來。

剛才那一剎間的遭遇，簡直就像夢幻一樣，那些自建築物中出來的人，看來每一個都有極高的身手，他們向前撲過來的勢子之快，想起來猶有餘悸，而他們行事為什麼如此怪異，要這樣對付我和李規範？

他們以為我已跌下懸崖去之後，又會採取什麼行動？無論如何，現在我處境雖然不妙，但還不算完全不利，看來，變生突然，連帶我上來的李規範都未曾料到。還有，胡博士又在什麼地方呢？不是為了他的信和那個「故事」，我根本不會到這裏來，而來了之後，竟會受到這樣的待遇，也是絕想不到的。

正當我在迅速轉念時，上面又有人聲傳來，我估計自己下墜還不到十公尺，所以上面有什麼聲響傳來，可以聽得清清楚楚。

那是兩個人在低聲交談，一個道：「那人，聽說名頭十分響亮？」

另一個道：「本領再大，在這片崖上跌下去，只怕也凶多吉少，也好，免得不知如何處置，那個什麼博士，只是個書呆子，已經很難處置了。真是，想不到過了那麼多年，還是傳了出去。」

那一個長嘆一聲，接着，我就看到兩條人影，自上而下，迅速攀緣下來，矯捷靈活得如同猿猴一樣。

我把身子盡可能靠緊石壁，又拉過了一大簇山籐，遮住了自己的身子，再屏住了氣息，那兩個人在我身邊不遠處一溜而下，並沒有發現我。

那兩個人沒入了黑暗之中，四周圍極靜，我開始向上攀去，小心地在懸崖上，探出頭來，向前打量着。

那幢建築物在黑暗之中看來，像是一隻巨大無比的青蛙，貼在地上，有一種怪異之感，我視線所能及到之處，一個人也看不見。

我估計剛才，自那建築物中列隊出來的人，至少超過一百人，究竟有多少人在那建築物之中？剛才他們是不是全都出來了？他們是人人身懷絕技，還是只有少數人會中國武術？

這群行為如此怪異的人，究竟是什麼人？

我心中的問題實在太多，這時當然無法一一解答，而且，有關那群行為怪異的人的一切，畢竟只不過是我的好奇心而已，我關心的是胡明的下落。在剛才兩個人的交談之中，我可以知道，胡明的處境不是十分好，因為他們已用到「處理」這樣的字眼，而且認為我摔下了峭壁還好，可以不要讓他們「處理」。

同時，我很關心李規範的安危，因為看來，李規範對我，對胡明，都表現得十分友好，和那些從黑暗中突然冒出來，連他們的臉面都沒有看清，就遭到他們突襲的那些人不同！

是不是那群人之中，分成了兩派？如果是，兩派的勢力強弱如何？會採取什麼樣的爭鬥方式？

一想到這裏，我不禁感到了一股寒意。

眼前這群神秘人物，是屬於一個什麼武林門派，或是秘密會社之類，都是毫無疑問的事了，凡是這一類組織，若是內部意見發生了分歧，解決的方法，似乎毫無例外地是訴諸武力的決勝！

（我這樣說，是當時的一種直接的想法。）

（事後，在整理整件事的過程之中，我想起當時的想法，自己也只是苦笑。）

（因為，「訴諸武力的決勝」，豈單是武林門派或秘密會社解決紛爭的方法而已，看看人類的歷史，大大小小，所有的分歧或紛爭，發生在任何情形之下，不論當事雙方打着多麼冠冕堂皇的旗幟，採取的方法，都是訴諸武力決勝！那是人類的本性，也是依據罪惡的人類本性所能採取的唯一方法，如同肚子餓了就要進食一樣，對人類來說，再自然不過。）

我想到，胡明手無縛雞之力，李規範可能勢孤力單，在那些人剛一出現之際，他似乎已發現事情不怎麼對勁，我聽到他說的最後一句話是他要求我的幫助。

那我應該怎麼做？

這個問題的答案，實在再簡單也沒有了。

我雙手在峭壁的石角上一按，人已翻上了峭壁。山頂上，相當平坦，並沒有什麼可供掩遮的地方，雖然天色相當黑，我也不以為偷偷摸摸，就可以避得開守衛者的耳目——中國武術是一種發揮人體潛能的精深學問，人體的潛能，在經過種種不同途徑的訓練之後，究竟可以得到什麼程度的發揮，無人可以有定論，而幾乎是無窮無盡的。像只藉着微弱的光線，甚至在一般人認為全無光線的環境下，可以看到東西，根本不是什麼稀罕的事。

同樣的，細微到普通人聽不到的音量，受過特別訓練，聽覺的潛能得到了發揮的人可以聽見，也不是什麼稀奇的事。

再同樣的，普通人一拳打出去，只有五十公斤的衝擊力，在潛能得到發揮之後，一拳就可以有十倍八倍的力道。所謂各門各派，各種各類的武術，尤其是內功，神秘自然是夠神秘的了，但是歸於一句話，那就是一種使人體潛能得到發揮的方法。我如果假設自己所要面對的，是一批人體潛能都得到了不同程度發揮的異人，那麼我就自然不能採取對付普通人的方法。

所以，我決定與其偷偷摸摸，不如光明正大。偷偷摸摸，看來暫時可以有敵明我暗的好處，但是對方人數眾多，又個個身懷絕技，這種優勢，遲早會消失。若是光明正大，反倒可以有意想不到的好處。

這種「意想不到的好處」，在當時，自然還只是建立在設想上的，而且，設想也十分「可笑」，我自然而然的設想是：對方既然是武林中人，自然會遵照傳統的武林規矩，江湖道義辦事。

而所謂「武林道義」、「江湖規矩」究竟是怎麼一回事，歷來，根本沒有什麼明文的法規，全是一些不成文的約定而已，究竟是不是靠得住，有多少約束力，全屬於天才知道的事。如果這種道義規矩真是那麼有力量，那麼，江湖上也不會有那麼多血腥罪惡了。

但當時，我除了作這樣的選擇之外，卻又別無他法。所以，我在一上了山頂之後，挺直了身子，面對着那漆黑龐大的建築物，首先雙臂一振，發出了一下嘹亮高亢的長嘯聲來。我不敢說自己的這一下長嘯聲會響徹雲霄，直上九天，但是相信，在五百公尺的距離，只要這個人的聽覺沒有什麼問題，一定會聽得見，而且，聽見了之後，也必然會吃上一驚。

一面發出長嘯聲，我一面大踏步向前走着。這時，我和剛才完全不一樣。剛才，我被李規範帶上來，一點防備也沒有，只為將要遇到的事而心中充滿了神奇，所以才會猝不及防，着了道兒。這時，我已知道情形有變，有了防備，就算再有偷襲，我也可以應付了。

在我前面，那幢大建築物，仍然一片死寂，也沒有一點光亮透出——那使人懷疑這幢建築物可能連一絲透光的隙縫都沒有，別說窗子了。

但是在我的身後，我卻可以聽到，正有人在向我迅速地接近，那是極輕的、向前疾掠而來的腳步聲，如果不是心中早有了防備，絕覺察不出來。

我知道，那一定就是剛才下山去搜尋我的兩個人，被我的嘯聲引回來的。

但何以建築物中更多的人，那麼沉得住氣，可以不動聲色呢？

心中想着，已然有了對策，估計身後兩人，離我大約只有五公尺了，而他們還未曾出聲——這一點很令我生氣，因為他們分明以為我還未曾覺察，想在我的背後，在離我更近時，再施暗襲！

我就在這時，陡然一提氣，身子在突然之間，斜斜向後，倒拔了起來。身子一拔在半空，就看到在我後面趕來的那兩個人，向前竄出的勢子收不住，仍然向前掠出，恰好在我腳下掠過。

他們雖然是一掠過之後，立時停了下來，但這時，我也已從半空中疾落了下來，落在了他們的身後，前後不到兩秒鐘，主客之勢，已全然易轉。

我對自己的身手，依然如此靈活，不禁十分得意，足尖才一沾地，就「哈哈」一笑：「這算是什麼迎客之道。」

那兩個人一發現我已到了他們的身後，震動了一下，身子凝立不動，也並不轉過身來。

他們這時，一動也不動，是十分聰明的。因為我在他們的背後，制了先機，他們不動，還可以知道我會如何出手，他們如果動了，出手必然沒有我快，而且也無法防禦我的進攻了。

在我的譏嘲之下，他們只是悶哼了一聲，開始十分沉穩地向前走着，兩人的步伐一致，我亦步亦趨地跟在他們的後面，始終保持着優勢，一直來到了建築物面前，約十公尺處。這時我才看到了那建築物的一扇門，那扇門也是六角形的，可以自兩邊移開。

那兩個人在門前停了下來，各自向前揚手，「呼呼」各打出了一拳，拳風撞在大門上兩塊六角形的銅板之上，發出了兩下相當沉悶的「噹噹」聲。

在如今這樣的情形下，本來我是不應該輕舉妄動，只宜靜以待變的。可是我的性子實在太不肯安分，一見到那兩個人這樣的「敲門」方式，我不禁大是技癢，恰好他們兩人在發拳之際，身子向旁分了一分，在我前面，並沒有什麼阻攔。

我念頭一起，就化為行動，其間幾乎沒有什麼阻隔，估計相距約為八公尺，我沉腰坐馬，提氣納氣，猛然一發力，兩拳同時打出。

這一招「野馬分鬃」，在拳術中而言，只好稱做最粗淺的功夫，但是這時我表現的，是我打出那兩拳時所帶起的力道。

力量若是直接擊中目標物上，自然可以發揮最大的打擊作用，發出一公斤力，被擊中的物體，就要承受一公斤力。如果力量擊向空氣，情形大不相同，發出的力量，只有極小部分，叫空氣承受了去，因為空氣的分子結構，實在太稀疏，稀疏到了不能承受什麼力量，而使力量全在它稀疏的結構中溜走了——是溜走了，不是消失。

溜向什麼地方去了呢？最簡單的，自然是循直線方向前進，也可以令之成曲線前進，那需要發力的人，做更巧妙的控制，自然也更困難。

這時，我並不需要令發出的力道轉變，只要直線前進，就可以達到目的了。

那兩拳，套一句老土的陳腔濫調，由於我的目的是炫耀自己，所以說，那可以說是我畢生功力之所聚，也就是說，是我長時期的各種訓練，是我自己的體能所能達到的最高發揮點。

隨着呼呼的拳風，擁上門上的那兩塊銅板，我耳際立時響起了「噹噹」兩下響亮悠遠的聲響。

我在這樣做之前，已經先由於那兩個人的淩空一擊，而聽出銅板應該可以發出十分響亮的聲音來的，那兩個人的着力不足，所以才發出了低沉的聲音，我想賣弄一下自己的主意，也是在那時候興起的。

那兩下聲音，兀自在黑夜之中，悠悠不絕，我就聽得在建築物之中，傳來了一陣悶雷也似的喝彩聲。這使我知道，剛才四周圍靜得出奇，建築物更靜得如同一座大墳一樣，那是由於所有人都不出聲，在等待着事態的變化之故。

而且，我還相信，雖然建築物之中，沒有一點光亮透出來，但是裏面的人，一定可以看到外面的情形，不知有多少對眼睛，正在盯着我看。

我對自己剛才那兩拳，相當滿意，身子一挺，抱了抱拳，朗聲道：「獻醜了。」

雖然，由於人類在不斷進步，武俠社會的那一套，早已在現實生活中消失了，但是人類行為無論怎麼變，根本的原則，總是萬變不離其宗的，其中的一個原則是：當你表現了自己的力量，而且這個力量是對方心目中的主要力量時，你就會贏得對方的尊敬。

在一群會武術的人面前展示武學造詣，效果就和在一群渴慕錢財的人面前展示你擁有的財富一樣，也和在一群風骨非凡的人面前，表現你的骨氣一樣。

剛才那一陣發自建築物內的喝彩聲，就足可以證明這一點了。

這時，那兩個人急步向門走近幾步，然後轉過身來，我可以看出，他們大約都是三十來歲，十分精壯的漢子。他們一轉過身來之後，就沉聲道：「來客通名。」

我一看他們還在裝模作樣，又忍不住笑了一下：「剛才要是我在偷襲之中，跌崖死了，難道在各位心中，就只是個無名之鬼？」

這幾句話，連消帶打，可以說相當厲害，又指摘了他們突施襲擊，又告訴他們，不必再這樣轉彎抹角。那兩個漢子張大了口，一時之間答不上來，就在這時，大門無聲向兩旁滑了開去。

我因為剛才險些着了道兒，所以一看到大門打開，心中就十分警覺，雙手作了一個防禦的姿勢，身形凝立不動。

大門一開，自門中，和剛才的情形相彷，兩列人悄無聲息地走了出來，身形高矮肥瘦，男女老幼都有，自然是由於他們每一個人都在望向我的緣故，所以我也幾乎和他們每一個人的視線接觸。

在接下來的一分鐘之中，雖然對方那麼多人中，沒有一個人出手，也沒有任何的聲響發出來，可是我卻緊張得不由自主，手心冒汗。

那些人的眼睛！

在一分鐘左右的時間中，我大約接觸到了超過五十對眼睛，而每一對眼睛之中，都迸射着湛然的光彩，其中有幾對眼睛，所迸發出來的光彩，簡直令人有點不寒而慄，這種精光湛然的眼神，自然都是武學修為深湛的反應。

因此可知，這裏的五、六十個人，個個都武功精湛，非同小可。

中國武術，有它極其綿遠的傳統，但是自從火器發明以來，卻一下子就沒落了，如同最燦爛輝煌的華夏，一下子遭到了大火的焚燒一樣，幾乎在一夕之間——當然，有幾十年的過程——就成了廢墟。

儘管，其間有人在不斷地提倡，但是用「苟延殘喘」四個字來形容，可算恰當。中國武術再也沒有了昔日的光輝，中國武學界之中，也沒有了可以叱吒風雲的大俠，和神出鬼沒的奇才異能之士，就算還有一兩個末世英雄人物，也都不能被飛快地步向實用科學的社會所接受。

中國武術，曾在中國大地上，開過多麼美麗的花朵，結過多麼動人的果實，多少身懷異能的人，在中國大地上上演過多少慷慨激昂的故事，他們甚至形成了另外一種人，一種和普通人截然不同的另一種人。

他們有他們自己的品德衡量方法，有他們自己的行事法則，有他們自己的傳奇式的生活。

但是，這一切全都過去了，成了華夏的廢墟。

廢墟，並不是什麼全都消失了，而只是廢墟。廢墟不是什麼都沒有，而是有着破敗不堪的殘存，我本身也可以說，是有一小半，甚至有一半，是屬於這個殘存的，是屬於這個中國武術的廢墟的。

再也沒有人炫耀中國武術了，中國武術成為舞台上的表演項目，淪為銀幕上的特技動作。在一柄小小的，誰都可以用手指扳動它，射出子彈來的手槍之前，數十年苦練之功，算得了什麼呢？

好了，就算你敏捷得可以避開手槍子彈，那麼，機關槍的掃射又如何呢？在一顆炮彈爆炸時，一代大宗師的命運，也就和一個普通人全然一樣。

而等閒的武功造詣，也需要以「十年」來做時間單位，才能有點成就，二十年、三十年、四十年……現代人還會有多少人肯付出半生、大半生、甚至一生的時間，來換取幾乎沒有實用價值的武術？

武術的浪漫精神在實用科學面前，徹底失敗，曾經一度如此繁華過，如今，幾乎不剩下什麼。

我在那時雖然手心冒着汗，但是心情實在是十分激動的。因為我一下子見到了那麼多身懷絕技的高手。這種情形，只怕在地球上任何角落，都再也見不到的了。

剎那之間，我幾乎忘了我和他們之間，還處在一種敵對地位上，我真想衝過去，大叫着，熱血沸騰地去握他們每一個人的手，不論男女老幼，緊緊地去握他們的手，為他們堅持過着古老的、早已不存在了的生活而致敬，他們不知要忍受多大的犧牲，才能一年復一年地這樣子堅持下來。

而我這時的心情，也恰像是在一大片廢磚敗瓦、滿目瘡痍之中，忽然看到了一幢完整無缺的小屋子一樣，雖然屋子小得可以，但總是廢墟之中唯一完整的建築物。

在那至多一分鐘的時間內，我思潮起伏，激動非凡。所以，當兩列人站定，又有一個人從門中走出，向我走來之際，我看出這個人，必然是這群人中居首領地位的人，我毫不猶豫，以毫無戒備、而人人一看就看出是十分熱切地盼望的腳步，迎了上去。

那人顯然想不到會有這種情形出現，反倒停了下來，那使我也感到，對方未必能了解我的心意，我們之間，還未能完全沒有隔膜，還是別太造次的好。

但是在這時，我的心中，至少是沒有了惡意的，所以我一開口，説話的語氣，也充滿了自然的平和。

我先拱了拱手，才道：「來得冒昧，我叫衛斯理，想來胡博士一定曾齒及賤名？」

我一面説，一面打量在我對面的那個人，我假設他是首領人物。

由於離他相當近，所以可以看得很清楚，他的真實年齡很難估計，約莫四十上下，身形高大，可是面目之間，卻透着一股異樣的陰鷙——有這種臉譜的人，絕不是什麼性格開朗的人，而我生平，就最怕和性格不開朗的人打交道。這種人，他説的每一句話，都無法從話的表面所代表的意思去了解，而要花上許多工夫去揣摩他那句話的真正意思。

他的一雙眼睛，也深沉無比，那種湛然的光芒之中，像是隱藏了無數的神秘，襯上他額上的紋路，又像是有無限的憂鬱。

他一直凝視着我，在我説完了那幾句門面話之後，他仍然凝視着我不開口，過了足足有十來秒——十來秒時間雖短，但是在這樣的環境中，卻又長得出奇——他才道：「想不到除了我們之外，還有人會功夫？」

我小心地回答着他的話：「天下之大，能人異士，總是有的。」

他發出了幾下乾笑聲，笑聲大是蒼涼，令人聽了有一股説不出來的不舒服，同時，他又低聲重複了一句：「能人異士。」然後，陡然一昂首，一擺手：「衛先生，請進。」

我想不到忽然之間，他就請我進建築物去。可是在這種情形下，我又絕不能退縮，就算是龍潭虎穴，也得硬着頭皮去闖一闖。

我先迅速地兩面一看，肯定了李規範並不在那些人之間，我一面若無其事向前走，一面道：「把我接上來的那位小朋友，不知怎麼了？」

那中年人悶哼了一聲：「請進去再說。」

我心中有點嘀咕，但自然不能露怯，所以昂然直入，我注意到，在我進去時，兩列挺立着的人中，很有點不安的暗湧。

這種情形，多半是代表着那些人的心境，不是十分平靜。這又令我感到了疑惑。這伙人究竟是什麼來歷，我還一無所知。

我只是根據他們的言語行為來推測，可以知道他們是若干年前，來自中國黃河流域一帶的一個武林世家，或是什麼幫會——是由許多不同家庭組織的幫會的可能性更高，因為他們來到這裏可能已有很多年，如果只是一個家族的話，近血緣配親的結果，可能令整群人早已不復存在了。

他們既然在這裏隱名埋姓，一代又一代居住了下來，就應該早就心如止水才是，不至於有這種心境不安的情形出現，難道單單是為了我這個外來人的突然闖入？

看來也不像，因為我的出現，對他們來說，不應該是一項意外，胡明早就來了，胡明又寫信請我來，這一切，他們都應該知道的。

我心中思量着，已經走進了大門。一進去之後，建築物之內，更是漆黑一片，刹那之間，什麼也看不到，我自然而然，略停了一停——這是任何人陡然進入了一個漆黑的、陌生的環境之中的必然反應。

但就在我略停了一下之際，我身後緊跟進來的那中年人，卻發出了一下冷笑聲。冷笑聲雖然不大，可是分明是在笑我剛才的一停。

我不禁有點生氣，這種仗着自己佔有地形上的熟悉的優勢，而譏笑對方，老實說，不是公平競爭的原則。我沒有任何表示，一面盡量使我的目力，能適應黑暗，一面大踏步向前跨了出去。

自然，我不知道一步跨出之後，會遇到什麼，所以我也不是盲目逞勇的，我跨出之後，先以足尖點地，輕輕一碰之下，肯定了那是普通的平地，沒有什麼異樣，才提氣聳身，一步踏實了，再跨出第二步。

就這樣向前走着，前進得十分快，一下子就跨出了十來步。

這時，仍然在黑暗中前進，也幾乎看不見任何東西，可是我卻有了一股異樣的壓迫感。這種感覺，是難以形容的，就是感到了身子的兩邊，忽然不知有什麼東西擠了過來一樣。

我小心地向身子兩邊，張開了一下手臂，手臂才一揚起，手指就碰到了堅硬的石塊——我是在一條極窄的走廊中向前走，在我的身旁，就是石壁。

我估計通道的寬度，不會超過八十公分，這使我立時想起建築物中的蜂巢式的間隔，在間隔之間的通道，就是那麼狹窄的。

我就在這個奇異的建築物之中，那建築物，也就是陳長青的怪屋子中不見了的那一層，也是胡明寄來的那個「故事」中，那小女孩後來到達的地方。

我一面想着，一面仍在一步一步向前跨出，但是忍不住道：「你們住在這屋子中？屋子為什麼要造得那麼怪？」

我的話，居然立時有了反應，那中年人在我的身後，悶聲悶氣地道：「祖上傳下來的，凡是祖上傳下來的，就是規矩，就有道理。」

他說得十分理直氣壯，可是他的話，其實是最不堪一駁的，我當然不會同意，但是在如今這樣的情形下，我自然不會和他辯論什麼，只是發出了幾下不屑的笑聲。在我身後傳來的，則是一下頗為憤怒的悶哼聲。

我知道，建築物的面積雖然大，但是通道總有到盡頭或是轉彎的時候。但與其到時出醜，還不如明言的好，所以我在又跨出了一步之後，用相當輕鬆的語調道：「為什麼一點燈火都沒有？也是祖上定下來的規矩的？」

我身後那中年人「嗯」了一聲，表示回答。

我身子一側，背貼牆而立：「對不起，我不是很習慣在黑暗中行進，至少，請你帶路。」

通道十分狹窄，我背貼牆而立，在我前面，餘下的空間不會很多，他當然可以在我身前擠過去，可是在過去的時候，想要不碰到我的身子，已經很難，至於要防止我突然偷襲，自然更難。

所以，他也不禁猶豫了一下，沒有立刻過來，我也在他猶豫的短暫的時間中，絕不客氣地，和他剛才一樣，發出了兩下冷笑聲。

他沉聲道：「好，再走三步，就是大廳了。」

他說着，就在我的身前，擦身而過，過得十分快，而就在他一閃而過之際，我心中也不禁暗自吃驚，因為在他過去的時候，我感到有一股相當強大的勁力，直壓了過來，而等我要運勁相抗時，那股勁力已經消失了。這表示那人不但行動快捷，而且內勁非凡。更重要的是，這表示那人心思縝密，即使一閃就過，他也不放棄防備：他鼓足了勁力，我如果想偷襲他，就沒有那麼容易得手！

他才一過去，我半轉回身來，已聽得前面發出一陣「軋軋」的聲響——在這種黑暗之中，聽到沉重的石牆在轉動時發出的聲響，一直都以為只是電影公司的配音間中製造出來的，誰知道忽然出現在現實生活之中，很使人有時光倒流之感。

開門聲之後，仍然是一片漆黑，但我在又跨出了幾步之後，來自身邊的那種壓迫感卻沒有了，這證明我至少已進入了一個寬敞的空間之中。

我進來之後，就站定了身子，我感到，至少又有七、八個人進來，然後，又是一陣關門聲。

我屏住了氣息，老實說，我不知道在黑暗之中，會發生什麼事。

而且，當我屏住了氣息之後，我發現，在我身邊的所有人，幾乎都是屏住了氣息的，我幾乎感覺不到有人在身邊！這實在是十分詭異和令人不快的一種處境。

我緩緩吸了一口氣，正想出聲，陡然之間，眼前居然有光亮一閃，隨即，有一盞相當大的油燈，燈火已被燃着。油燈發出來的光芒，自然不會強烈，而且閃動不已，令那些站立着的人，悠悠忽忽，看來更和幽靈差不多。

但是無論如何，總比完全在黑暗之中好多了。

當亮光一閃之際，我就開始打量我處身的環境，那果然是一個大廳，一個六角形的空間，每邊大約有十公尺，那是相當大的一個空間了。

整個大廳中，有着六座油燈燈台，燈盤都相當大，但是燈芯卻十分小，而且這時，只燃着了一個，其暗可知，只是僅堪辨認而已。我也無法看清跟進來的那些人的面目神情。

在大廳中，只有一張交椅，相當大，看起來有一股難以形容的威嚴，其餘的，只是石製的圓凳，大約有二十來個。

那中年人走向一個圓凳，轉過身來，作了一個「請坐」的手勢，指的卻是圓凳。我笑了一下：「那張椅子，只是擺來裝樣子的？」

那中年人的聲音，在這個密封的大廳中，聽來像是一陣悶雷：「別問太多沒有意義的事。」

他說着，和其餘那幾個人（一共是八個），一起轉身向着那張交椅，十分恭敬地行了一禮，才各自坐了起來。我心知那張交椅，多半是為他們的首領或是祖先所設的，看來不宜再繼續開這個玩笑。所以，我也在一張圓凳上坐了下來。

在陰暗的光線下，每一個人的神情，看來都十分陰森，那中年人乾笑了幾聲，目光炯炯，向我逼視着：「衛先生，如果你能把胡博士帶走，從此把我們這群人忘記，我們會十分感激你。」

我已經準備好應付各種各樣的場面，但是絕想不到，對方一開口，就會提出這樣的要求來。

我在一呆之後，只好先姑且說了一句：「這是你們全體的意見？」

我這時只能這樣說，因為我對他們，實在一無所知；而我又實在不願離去，因為我對他們的來歷的好奇心，已到了使我不顧一切要弄清楚的地步，所以我只好先說幾句搪塞的話，拖延時間，打消對方叫我離去的意念。

想不到的是，我隨便說了一句，所有的人，竟然都震動了一下。

雖然在陰暗之中，他們的那種震動，是極難覺察得到的，但我還是立即感到了！那自然是由於我一直全神貫注在留意着四周圍的情形之故。這種情形，說明我那句話，說中了他們的心事。

我又立時想起了李規範這個少年，到現在還未露面，我也想起曾作過他們之間發生了內爭的推測，看來，也是事實。

剎那之間，心中大喜，我又提高了聲音：「帶我上來的那位少年呢？他叫李規範，一上山，就中了暗算，希望他沒有遭到什麼不幸。」

我這樣說的時候，直盯着那中年人——那是一種心理攻勢，動作之中，含有指摘那中年人是一個暗算者的意思在內。

果然，黑暗之中，有人失聲叫了一下：「牛大哥——」

那中年人立時一揚手，那叫了一聲的人，也立時靜了下來。這一下叫喚，使我知道那個中年人姓牛。他回望着我：「少……他……他的行為，逸出了祖宗的規矩，所以暫時要被……看管，這是我們的事。」

我心念電轉，不知道這姓牛的衝口而出的那個「少」字，是什麼意思，難道是稱李規範為「少年」？我沒有細想，就道：「別的事，我完全可以不管，但李規範是我的朋友，而且在他遭到暗算之前的一剎間，他曾經請求我的幫助！」

我一口咬定李規範遭了「暗算」，那是事實，自然不能說我揑造，李規範曾要求我的幫助，那也是事實！

我的話一出口，發現除了那姓牛的之外，其餘各人，都有點不安的神色，這又使我感到，李規範這個醜少年，可能有點不尋常。

那姓牛的聲音更低沉：「衛先生，你是不是要和我們為敵？」

我一昂首：「看你口中的『我們』是什麼意思，至少，我不會與李規範為敵。如果他中了暗算是由你指揮的話，是你與他為敵。」

那姓牛的陡然站了起來，看來神情憤怒之極，先發出了一下悶吼聲，然後大聲喝道：「幾百年來，我們都遵守祖訓，萬萬不能改變。」

我不知道他們的祖訓是什麼，自然接不上口，只聽得一個角落處，有人低聲道：「百年之前，也有此爭，結果怎樣？」

那姓牛的聲色俱厲：「凡違背祖訓者，盡皆誅殺。」

他在這樣叫嚷的時候，真是殺氣令人感到了一股極度的寒意。

接着，他又補充了一句：「這還有什麼疑問的嗎？」

其他人都不再出聲，我審度環境，心想這時跟進來的那些人，應該都是姓牛的心腹，他的反對者，又在什麼地方呢？在這樣的情形下，似乎應該堅持請李規範現身，才是道理。

所以我一揚手：「盡皆誅殺？哈哈，好久沒聽說過這個詞兒了，現在，多半在舞台上還能聽得到。」

姓牛的陡然向我望過來，神情確然威風得很，但我卻一點也不在乎。

我指着那張大交椅，開了一句玩笑：「就算你坐在這張椅子上做皇帝，只怕這種話，也只好在做夢的時候叫叫。」

這自然是一句玩笑，任何人都可以聽得出來的。可是有時，世事之奇，真是難以逆料。那姓牛的中年人，面色一下子變得極其蒼白，即使是在那麼黯淡的光線之下，也可以感得出來，其餘的所有人，也都一下子全站了起來，其中還餘有幾個，毫無目的地揮着手，通常來說，人只有在極度的手足無措的情形之下，才會有這樣的動作。

這時，我實在全然莫名其妙，不知道何以我的話，會引起了那麼大的震動，這令我也不知道該如何再往下說才好。

而就在這時，又有了變故，門外，傳來了一陣沉重的敲門聲。那大廳的石門，看來相當厚，所以敲門聲，聽來也很沉悶。

敲門聲一傳來，大廳中的那些人更是亂了起來，有的失聲叫：「他們出來了。」有的奔到那中年人之旁，語帶哭音：「這……犯上作亂……」有的團團亂轉，而敲門聲卻愈來愈急。

那姓牛的中年人，也像是一時之間，沒有了主意，我乘機向那道石門一看，看到有一個鐵栓，拴住了門，外面的敲門聲如此之急，一定有人想進來，而只要在裏面一拔起那根鐵栓，就可以使門打開了。

我處境不明，自然希望他們愈亂愈好，在混亂之中，或許可以先找到了胡明和李規範，把他們救了出去再說。所以，趁他們擠成一團之際，我身形一閃，已閃到了門栓的旁邊。

卻不料那姓牛的中年人，頗能臨危不亂，我這裏才一動，他就叫：「別讓他開門。」

隨着他的呼叫聲，有兩個矮小的身形，向我迎面疾撲了過來。我順手揮出了兩掌，可是掌才發出，臂上一沉，那兩個人，竟然一邊一個伸手抓住了我的手臂。我不知道這算是什麼武功，心中發怔，腳下卻絲毫未慢，幾乎是帶着那兩個掛在我手臂上的人，一起向前掠過去的。

那兩個人的身形雖然矮小，可是一掛了上來，氣力卻極大，剎那之間，每人變得至少像是有一百公斤以上，我向前掠出的勢子，自然慢了下來。

同時，被人纏住了手臂，掛在手臂上的這種感覺，也怪異之極，令人不寒而慄。我先顧不得開門，雙臂用力一振，想把那兩個人振飛開去。

我那一振一抖，用的力道相當大，手臂向上，揚了起來。那兩個人的身子，也跟着向上揚了起來。可是他們的一隻手，仍然抓住了我的手臂，另一隻手，卻就着身子揚起之勢，向我當面一拳打來，出拳的方位，和身子所在的位置，配合得妙到毫巔，看來連我雙臂揚起的動作，也早在他們的預料之中。

剎那之間，我心中又是吃驚，又是好奇。這兩個矮子的身手如斯靈巧，功夫也怪異之極，武林閱歷，我也算是首等的了，可是連聽也未曾聽說過有一門功夫，是附在敵人的肢體上施展的！

而這時，要逃開他們疾攻而來的那兩拳，還真不是容易的事。

電光石火之間，我的視線和他們灼灼的目光一接觸，我一聲悶哼，手臂陡然合攏，自己雙拳，「砰」地一下，互擊了一下。

我自己雙拳互擊，自然傷不到別人，可是在這時，我的手臂，也作了最大程度的接近。那兩個矮子一定料不到他們的招數怪，我的招數更怪，一下子仰頭不及，兩個人的頭，「咚」地一下，撞了個正着。

在他們還未曾定過神來之際，我雙腳一起向上踢起，又踹中了他們的屁股。

像這種突然之間，人並不向上躍起，卻能雙腳一起向上踢出，本來只是小武術中的功夫，不足為奇，也沒有什麼實際上的用處。可是在這時用上，卻是大有以怪制怪之妙。

中國武術另一個大課題的內容，就是講究隨機應變，因地制宜，對手怎麼來，自己應該在剎那之間，就決定怎麼去。正確的判斷，迅速地還擊，倒並不在乎力道如何之大，而更重視力道如何之巧！例如見了一隻螞蟻，伸拳重重擊打，未必將之打死，但伸指輕輕一捺，螞蟻自然必死無疑了。

中國武術克敵取勝的巧妙，很多就是在應變的特別快捷、靈動、有效之上。

像這時，我先令那兩個矮子重重撞在一起，又在他們的屁股上，重重踢了一腳，這時，雖然，我自己也站立不穩，無可避免地要坐倒在地，但正好就着身子向後一挫之勢，手臂再向上用力一抖，那兩個矮子，立時無法再附在我的手臂之上，發出「哇呀」的叫聲，被我直抖了開去！

我手上一輕，立即一個打挺，滾到了門旁，伸手一拔，已撥開了門栓，立時再一縮手，用手肘撞退了一個自我身後攻來的人。

這幾下出手，可以說得上乾淨俐落之極，我才一躍而起，聽得那姓牛的大叫道：「大伙沉住氣，別先亂起來。」

隨着他的叫聲，門被打開，至少有十多人，「呼」地一下子衝了進來，為首一人，身形極其高大，聲若洪鐘，大喝道：「牛一山，你敢犯上作亂？拿下。」

那姓牛的聲音也是震耳欲聾，一樣叫着：「胡隆，你不守祖訓，老皇爺的遺訓你們都能不放在心上，是誰犯上作亂了？」

那大漢顯然不是很擅辭令，大叫道：「虧你還有臉提老皇爺，老皇爺姓什麼？你今日幹了什麼？」

那牛一山又大聲叫道：「我家世代忠心耿耿，從不違老皇爺祖訓。」

在他們兩人扯直了嗓子對罵，震得人耳際嗡嗡直響之時，其餘的人，也在雜七雜八，互相對罵，大都是在罵對方「違背祖訓」、「犯上作亂」等等，一時之間，大廳之中，亂到了極處。

大門由我打開，混亂由我引起，可是這時我反倒成了局外人了。

本來，我大可由得他們去亂去，可是他們互相之間的對罵，我真是愈聽愈奇，愈聽愈莫名其妙，「犯上作亂」還可以理解，「老皇爺」卻又是什麼人？我一伸手，攔住了一個在我面前經過的人，提高了聲音問：「誰是老皇爺？老皇爺是誰？」

這時，我心中一則莫名其妙，二則，卻充滿了滑稽之感，因為像「老皇爺」這種稱呼，似乎只應該在戲台上才有的了。

所以，儘管爭吵的雙方，十分認真嚴肅，我在那樣問的時候，卻帶上了戲台上道白的詞意，大是有點油腔滑調之感。

我這句話一出口，整個大廳之中，突然靜了下來，剛才如此嘈吵，忽然之間，又變得如此之靜，而且人人向我，盯了過來。

我攤了攤手，想說什麼，還沒有說，胡隆和牛一山兩人已齊聲叫道：「永不泄秘！」

第八部

永不泄秘

這兩幫人，一幫以牛一山為首，另一幫以胡隆為首，一進來就爭吵，吵得極其激烈，而且其中已經有幾個人，不但口角，而且動了手。

但這時，那句「永不泄秘」的叫喊，好像是什麼魔咒一樣，在他們兩人口中一叫出來之後，所有的人都停止了動作，停止了出聲，大廳中立時靜了下來，而且，所有的人，都向我盯了過來。

油燈的光芒仍然是暗得可以，那些人站着不動，可是他們的影子卻在搖晃，一時之間，分不清何者是主，何者是副，也不知何者是靜，何者是動。這種情景，本來就已經夠怪異的了。

再加上那些人的目光，個個都閃耀着一股異樣的、譎詭的神采，一望而知，不懷善意，那更令得我感到了一股寒意。

我想說些什麼，令得這些異樣的眼光造成的壓力，變得輕鬆一些，可是卻不知說什麼才好。

這樣僵持着，時間其實極短，可是卻像是過了不知多久一樣。

我身子先略微動了一下，佔據了一個一閃身就可以掠出大廳去的位置，因為我感到，在大廳中的每一個人，都像是繃緊了的弓弦一樣，隨時可以發作，這種壓迫感，甚至形成了一股無形的殺氣，雖然看不見，摸不着，但是卻可以清清楚楚，感覺得到。

在這樣的情形下，勢必不能一個人對付那麼多人，所以早一點打定走為上着的主意，是聰明的做法。

我身形才一動，牛一山和胡隆兩人，身形也陡然閃動，一前一後，已然將我的去路封住。胡隆這個人，可能是比較胸無城府，也有可能，是他的心中，實在太焦急了，他竟然向我厲聲問：「剛才，剛才我們說了些什麼？」

若不是我隱隱感到了情形十分不妙，一聽到這樣的問話，實在會忍不住哈哈大笑的。這時，我只是略笑了一下：「你們說了些什麼，我怎麼知道？」

牛一山向我逼近了一步：「你剛才問了什麼？」

我沉住了氣，向他一指：「剛才，我在你口中，聽到你提及了『老皇爺』，我不知道『老皇爺』是什麼人，所以問了一句。」

我這樣一說，立時有不少帶着指摘意味的眼光，向牛一山射去，牛一山的神情一直十分深沉，顯示他是一個能幹的人，可是這時，他也不禁現出慌張的神色來。

這一切，全是在我預期之中的。

因為，形勢的突然變化，是在我問出了那句話開始的。我問了一句「老皇爺是誰」，這群人就像中了邪一樣，叫着「永不泄秘」，如大難臨頭，由此可以推測到，「老皇爺是誰」這個問題，對他們來說，是一個極度的秘密。

他們之間，一定有過嚴重的誓約，「永不泄秘」。所以，即使教人對這個問題起了思疑，也是不應該的，而我兩次聽到「老皇爺」，首先出自牛一山之口，所以我故意這樣說，來打擊他。

果然，那令得他十分狼狽，雙手亂搖着，忽然一指胡隆，企圖轉移各人責備的眼光，道：「他也說了。」

胡隆的脾氣比較火爆，立時叫道：「我說了又怎樣？他可不知道老皇爺是誰！」他一面叫着，一面向我大踏步走過來，來到了我的面前，伸手指着我，喝：「你說，你知道老皇爺是誰？」

本來，在牛一山和胡隆之間，我寧願多喜歡胡隆一些，可是這時他的態度實在太粗魯了，令人反感，所以我冷笑一聲：「本來不知道，教你一再嚷嚷，自然知道了。」

胡隆急得雙眼發直，大喝一聲：「你放屁。」

他一面喝，一面張開五指，向我肩頭，抓了下來。

胡隆本來就是伸手指向我的，這時，手的動作陡然變化，可是手臂和手腕，絕對沒有伸縮的過程，別看他人粗得可以，這一出手，還真不含糊！

我身子略側，他手腕一翻，仍然是那一抓，卻在剎那之間，變了方向。

這時，如果只是一對一，或是對方人數不那麼多，我大可以還手，可是對方卻有將近二十人，而且看他們的神情，都又驚又急，像是有什麼巨大的禍事，快要臨頭一樣，我要是和胡隆動手，不論是佔上風或是落下風，一激動起那麼多人的情緒，只怕都討不了好去。

所以，我身形略矮，並不還手，又避開了胡隆的這一抓。胡隆兩下落空，卻一點也沒有收手之意，發出了一聲怒吼，雙手一起，直上直下，直抓了下來。

一看到他這種架式，我也不禁吃一怔，因為他出手看來十分笨拙，可是揚手之際，勁風颯颯，不但力道頗強，而且這種架式，看來像湖南西部一帶的排教武功，又有點像辰州的殭屍拳，看起來，十分邪門。而且若是再避開去，這渾人一定不會收手，會繼續夾纏不清，倒不如一上來就速戰速決的好了！

我一想到這一點，這一次，就不再躲避，眼看他雙手直抓下來，我才一縮肩，肩頭自然而下，卸下了少許，手肘一曲，手卻在肩頭下縮的同時，向上揚起，中指彈出，「啪啪」兩下響，彈在他的手腕之上。

那一彈，足以使得他手臂力道在剎那間一起消失，雙臂下垂。

胡隆又驚又怒，大聲叫着，雙眼突出，看來是動了真怒，我剛想不等他再有氣力發動攻擊，先將他制服，再作打算時，門外一聲叱喝，傳了過來：「胡隆，住手！」

隨着責斥聲，一條人影，一躍而至，來勢十分威猛，落地一站，卻又勢子穩健，正是帶我上山來的那個醜少年李規範。

李規範這一出現，剎那之間，我心中「啊」地一聲，已明白了一些疑問，因為看他的氣勢，看胡隆的立時後退，看眾人對他的恭敬神態，看牛一山那幫人，個個都大是驚惶的神情，我立時可以感到，李規範年紀雖小，但是在這伙神秘人物之中，卻反倒有着相當高的地位。

他何以會有相當高地位，我自然還不知道，但那應該是毫無疑問之事了。

他一下子就喝退了胡隆，冷冷地向各人望了一眼。在望向胡隆那一干人的時候，眼光之中，大有嘉許之色，在望向牛一山那干人的時候，眼光之中十分冷峻嚴厲，最後，目光停留在牛一山身上，還發出了一下冷笑聲，使得牛一山不由自主，低下頭去。

我看了這種情形，心中不禁喝了一聲彩，心想看不出李規範小小年紀，卻大有大將的風範，儼然領導者的氣度，單在眼色之中，已有懾服群豪的氣概。

我正想揚手和他打招呼，他已轉過身，向我望來，立時開口：「衛先生，請你暫時離開一下，我們之間，有些事要處理。」

他神情肅穆，和帶我上山來的時候，那種少年人的神態，大不相同。而且話説得雖然客氣，但是又隱隱有一種叫人不得不從的氣勢在內。

我當然不肯就此離去，一揮手，道：「我們一上山來就向我們偷襲的人，看來就在這裏。」

李規範沉聲道：「我知道，我會處理。」

我「哈哈」一笑：「那次偷襲，令我幾乎命喪斷崖，我沒有摔死，自然會自己處理自己的事。」

李規範可能也看穿了我的心意，是想留在大廳上不肯走，若是只有我和他兩個人，自然説話比較容易，而這時當住許多人，他又顯然要在這許多人面前，維持他一定的尊嚴，所以事情就變得有點僵，他不知如何對付才好，我也樂得看看他處事的方法。

他只呆了極短的時間，兩道濃眉一揚：「衛先生，我們的事，絕不會給任何別人知道的。」

我笑了一下：「所謂任何別人，是什麼意思？」

胡隆在這時叫了起來：「就是外人。」

我一副不在乎的神氣：「那多半不包括我在內，我已經知道很多了。」

李規範的神色變了一變，牛一山大有幸災樂禍之色。這使我感到，牛一山和李規範，是處在敵對地位的，若是我繼續和李規範為難下去，那等於是幫助了牛一山；一想到這一點，我忙道：「當然，我什麼也不知道，只是說笑而已。而且，對旁人的秘密，我也不是那麼有興趣。」

李規範現出十分感激的神情來，我乘機收篷：「胡博士在哪裏？能帶我去見見他？」

李規範忙道：「當然可以，苗英，帶衛先生去見胡博士。」

隨着他的叫喚，一個身形十分挺拔的青年人，越眾而出，來到了我的身前，我向李規範一揮手：「小心，有一次偷襲，就會有第二次。」

李規範咧着闊嘴，笑了一下：「我會提防的。」

那喚作苗英的年輕人帶着我走了出去，大廳的石門，在我的身後，發出「軋軋」的聲音關上。

石門關上之後，在大廳之中，發生了一些什麼事，我自然無法知道了。

在前面，是狹窄的通道，左曲右折，看來密如蛛網，那年輕人手中拿着一支火棒，火光閃耀，在前面帶路，轉了七、八個彎之後，我忍不住悶哼了一聲：「這算是什麼屋子！與其説是屋子，還不如説那是一座大墳墓。」

想不到我這句話，卻令得苗英大有同感，那一定是這句話直説進了他的心坎之中，不然他絕不會那麼快就有如此強烈的反應的。

他立時道：「根本就是墳墓，住在裏面的人，全是活死人。」

我把步子跨大些，離他近了一點，挑逗地道：「那為什麼還要住在這裏？外面的天地，不知多麼廣闊。」

他緊抿着嘴，一聲不出，只是向前走着，我在他身後急急地道：「你們的祖上，屬於一個什麼團體，還是什麼門派？當年立過什麼誓言？時間難道在你們身上沒發生作用？你們到現在，還生活在一個不知道什麼樣的殘夢之中，太可笑了。」

苗英的嘴愈抿愈緊，一聲不出。就在這時，我突然聽到胡明的聲音傳了過來：「衛斯理，你在一個帶路的青年人身上說這種話，太卑鄙了。他們自有主意，豈是你三言兩語能夠煽動的。」

我被胡明的話，說得有點不好意思，因為剛才我確然想在苗英的口中探聽出一些什麼秘密來的。

這時，我也不知胡明在什麼地方，他的聲音，也聽不出是從什麼地方傳來的。我提高了聲音，叫：「你在什麼地方？」

胡明的笑聲傳過來：「還遠着！你不必大聲叫，這建築物造成那麼奇特的原因之一，是聲波可以在狹窄的走廊之中，作不變形的延長，只要在通道中，幾乎在任何角落有人講一句話，整幢建築物的每一處，都可以清晰地聽得到。」

我心中嘖嘖稱奇，不再問下去，隨着苗英又轉了十七八個彎，經過了許多緊閉着的房門，才看到其中有一扇門是打開的，個子矮小、精神奕奕的胡明正站在門口，見到了我，老遠就又揮手又蹦跳，看起來，這個出色的考古學家，猶如一頭猿猴。

苗英站定了身子，等我越過了他，他轉身離去，在胡明的房間中，有燈光射出來，我來到了胡明面前，他和我握着手，我向門內打量了一眼，失聲道：「你一直住在這樣的房間中？」

胡明攤了攤手，把我拉進了房間，關上了門：「有什麼選擇？這裏，應該是每一間房間，都同樣大小，同樣形狀的。」

房間是六邊形的，每邊，長約一公尺，整個房間的面積自然不大，但卻又相當高，所以看起來，像是一個六角形的柱體。

房間之中，什麼也沒有，在平面的頂上，有一些小的六角形的孔，可能是要來作透氣之用的，在一角，有一盞半明不暗的油燈，人一進了這樣的「房間」之中，就像是變成了一隻黃蜂差不多。

我不知有多少問題要向胡明發問，可是胡明一面關上門，一面已經先開口：「你看過我寄給你的那個故事了？故事裏的那個小女孩，在她媽媽死了之後，叫一個婆婆背上山來，就住進了這幢建築物之中，她對這幢建築物，這樣的房間，有相當生動的描述。」

我沒好氣地道：「那又怎樣？」

胡明叫了起來：「那又怎樣？那證明我的判斷正確，證明那故事記載的是真事。」

我苦笑了一下：「我甚至不知道你的判斷是什麼。」

聽得胡明剛才那樣說，我以為他至少對這裏，已經有了一定的了解的，誰知道這時我一問，他的樣子，十分沮喪，緩緩搖了搖頭，嘆了一聲：「在這裏的所有人，看來都下定了決心，絕不會透露半句秘密的。」

我也不禁「嗖」地吸了一口氣：「永不泄秘。」

胡明道：「是！永不泄秘。」

我靜了片刻，胡明又道：「這……永不泄秘的教育，怕是這裏每一個人從小就要接受的，變成了生活之中，生命之中，至高無上的戒條。如果他們這群人在這裏神秘的隱居，已超過了十代以上的話，我懷疑保守秘密，只怕已成了他們身體內細胞中遺傳因子的密碼的一部分。」

我悶哼了一聲：「要那麼多人一起保守一個秘密，是相當困難的事，我懷疑他們可能根本已經不知道自己上代的秘密了。」

胡明在小小的空間中，來回踱着步，搖着頭：「不，他們是知道的，這個秘密，形成一股巨大的力量，使他們世世代代，能在這裏住下去！雖然曾有爭執，有的人想離開，可是看來還是有更多的人願意留下來。」

我心中充滿了疑惑：「你對那伙人，究竟知道多少？他們人人都會武功，中國武術，我看至少是三四百年前來自中國北方的。」

胡明點頭：「這一點，毫無疑問。他們的話，至今還帶有黃河上游省份的口音，你自然聽得出來。」

我一面點頭，一面壓低聲音：「我聽得他們在爭執中，提到『老皇爺』這個名詞。」

胡明又點頭：「是，他們的祖上，出過一位顯赫的人物，在這幢建築物之中，小型的社會……或者說團體的結構，也相當奇特，最高統領是一個少年人，不過十五六歲，樣子很醜——」

我失聲道：「李規範。」

胡明道：「是，照你分析，這說明了什麼？」

我也來回踱起步來，房間的面積十分小，我和胡明兩人都來回踱着，如果有第三者在一旁看，一定會有十分滑稽的感覺。

我想了片刻，才道：「這說明，領導地位是世襲的，一代代傳下來。我至少知道這些人中，有的姓李，有的姓牛，還有姓胡，姓苗的，他們才到這裏的時候，首領一定姓李。」

胡明揚了揚眉：「歷史上姓李的皇帝——」

我笑着：「他們提及過老皇爺，並不一定表示老皇爺是他們中間的一分子，他們可以全是老皇爺的手下，所以一直要遵守老皇爺的遺訓。」

胡明苦笑了一下：「也有可能，總之，這群人，神秘之極，而且——」

他說到這裏，現出一副緊張的神情來：「而且我可以知道，這群人之中，至少曾有一個，逃離群體過。」

我不知道胡明何根據而云然，所以望定了他。胡明深深吸了一口氣，神情有點古怪，忽然話題一轉：「我……你再也想不到，我……我……會忽然談起戀愛來了。」

我一時之間，說不出話來。他突然轉變話題，固然突兀之至，而他居然會談戀愛，這更是出人意料之外，他是一個考古的狂熱者，若是一個活色生香的美女和一具木乃伊，由他選擇的話，他會毫不猶豫地撲向那具木乃伊，而棄美女於不顧。

這樣的人，也會墜入情網？

我在呆了一呆之後，才道：「這……說明世上沒有不可能發生的事！」

胡明有點忸怩：「別笑我，我是認真的。」

我攤了攤手：「沒有人說你在玩弄女性，但是我看不明那和我們正在討論的話題有什麼關連。」

胡明踱到了一個角落——六邊形的房間，就有六個角落——蹲了下來，伸手掠了一下頭髮，道：「大有關連。她……她就是故事中的那個小女孩。」

我吃了一驚，伸手指着他，他的神情更怪，把聲音壓得很低：「在這裏，只有你和我才知道。」

我緩緩吸了一口氣：「如果給這裏的人知道了，那麼，那小女孩……她現在當然不小了，會……」

胡明道：「她現在是法國一家女子學校的校長，如果給這裏的人知道了，那麼，結果就像故事中她的母親一樣。」

胡明說到這裏，聲音不禁也有點發顫，我再也未曾料到事情突然之間會有這樣的變化，故事中那個母親，顯然是被迫自殺的，那麼，胡明的愛人，那個女校長，是不是也面臨着同樣的危險？這裏的人，難道會派出殺手去，萬里迢迢追殺一個逃亡者？

胡明看到我緊張，他更是手足無措，望定了我，我道：「慢慢來，那位女校長——」

胡明道：「她的名字是田青絲，她有一半當地人的血統，她母親當年曾叛離過，和一個當地人私奔的，你在故事中看到過的。」

我點了點頭。

這時，終於那個支離破碎的故事的來源，已絕不再是什麼謎團了。那故事，自然是田青絲寫的。

田青絲既然和胡明在談戀愛，胡明一看到了那個「故事」，當然關心，所以立即來到這裏，想探索一下究竟。他來到這裏之後，發生了一些什麼事；我還不知道，看他能把我叫來，又能令李規範下山來接我，關係好像並不壞，至於李規範一上山就遭到了偷襲，那又是另外一個意料之外的變化。

胡明吸了一口氣：「故事是她寫下來的，有一次，她對我說，她的遭遇十分怪，她一直把她的遭遇當噩夢一樣，一點一滴地寫下來，我就向她拿來看，她不肯，我知道她平時把日記之類放在什麼地方——那時正在她的住所，冬天，我就打開抽屜，取出了一大疊文稿來，她來搶，一搶到，就向火爐裏塞，我也搶，搶了就向懷裏塞，所以，故事變得不是很完整。」

我聽得他說着，不禁好笑，我和白素曾設想過故事何以支離破碎的原因，可是卻再想不到其中有一對超齡戀人的打情罵俏，旖旎風光在內！

我呆了一會，才道：「田青絲從小女孩到離開，在這裏住了多久？」

胡明沉聲道：「大約十五年。」

我不由自主，吸了一口氣：「在這十五年之中，她對於這些人的來歷，竟一無所知？十五年的共同生活，就沒有人把她當自己人？」

胡明伸手托住了頭，所以看起來，他搖頭的樣子，相當古怪：「沒有，甚至根本沒有人對她說過話，沒有人把她當自己人，只有她的婆婆在照顧她，教她一種奇異的呼吸方法，利用這種呼吸方法，可以一坐就是大半天，她婆婆也教了她不少事，可是就是絕口不提他們的來歷。」

我苦笑了一下：「永不泄秘。」

胡明點頭：「對，永不泄秘，這是他們這伙人的最高生活原則，已成了他們生命中的一部分，不是心理上的，而是生理上的，他們若是泄漏了秘密，可能會立時死去。」

胡明這樣說，自然大有憤然的情形在內，我沒有表示什麼意見，只是道：

「後來——」胡明嘆了一聲：「後來，她婆婆在臨死時對她說，反正沒有人把她當自己人，她如果逃出去，她也不反對，只不過千萬要小心，若是在逃亡的過程中叫人發現了，那必死無疑。」

我喃喃地道：「像她母親一樣？可是她卻是什麼秘密也不知道的！」

胡明壓低了聲音：「他們根本就不願意有人知道他們的所在！」

他說了之後，頓了一頓，才又道：「我實在禁不住自己的一些怪念頭，我甚至想過，這群人，是不是根本是死人？根本是不知道從地獄的哪一個角落處逃出來的幽靈！不然，怎麼會那麼神秘？」

我嘆了一聲：「他們當然是人，只不過由於他們的上代，一定遭受了極大的傷痛，才逃到海外來，隱居下來的，怎麼會是幽靈？」

胡明現出一副不明白的神情來：「上一代的哀痛，難道會一代代傳下來？你曾和他們接觸過，你看他們有哪一點像現代人？他們完全是活在過去的幽靈！」

我來回走了幾步：「那也難怪，他們一直過着禁閉式的生活，幾乎和外界隔絕，而且他們每一個人都會武術，他們的小社會中，一定有數不清的清規戒律要遵守，這正是一般武林門派的規矩，他們一定要嚴厲，嚴厲到了那麼多代下來，都沒有人敢反對的程度！」

胡明眨着眼：「也不見得沒有人敢反對，青絲的媽媽，就跟人私奔了！」

我沒有說什麼，盯着胡明看了一會，才道：「你也太多事了，就算你知道田青絲來自一個十分神秘的團體，你也沒有必要來探索的，她好不容易逃了出去，你來調查，不是容易暴露她的行蹤嗎？」

胡明聽了我的話之後，急速地來回走動着。在那個小空間中，我給他走得頭昏腦脹，一伸手拉住了他，他才停了下來，道：「其中，還有一層原因，我……認識田青絲，是在……一次演講會之後的討論會中……」

第九部

第一次分裂

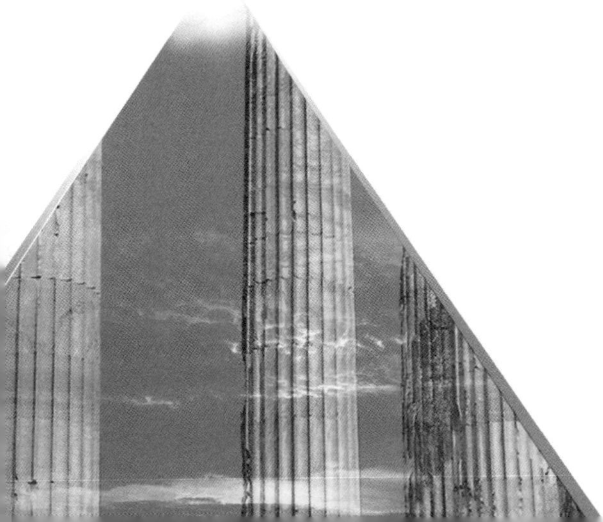

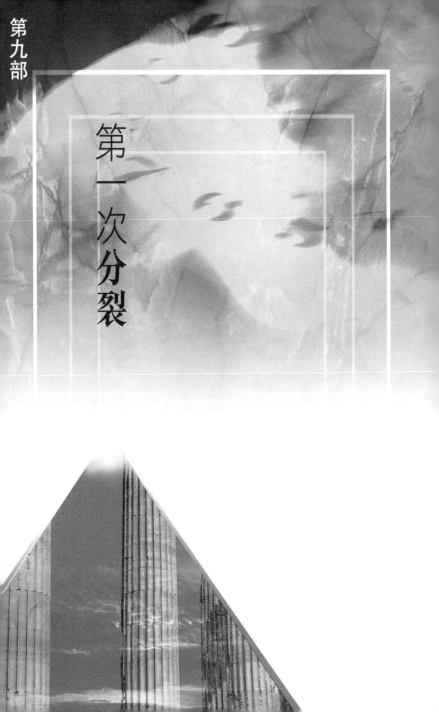

胡明現出悠然神往的神情來，顯然回想和田青絲相識的經過，也使他感到十分甜蜜，可是他卻沒有多說什麼，只是道：「是她要我來做調查的，因為她覺得那伙人神秘之極，甚至不類似地球人，她自然想弄清楚他們的來龍去脈，因為她有一半血統，是和他們聯結在一起的。」

我不禁失笑：「他們當然不是外星人，我看，多半是孤臣孽子的孑遺，他們全族人一定有十分悲壯的故事，而且，一定有一種力量，可以使他們團結起來，產生無比堅強的遁世的決心，使幾個不同姓氏的族人，完全像是一個人一樣！」

胡明不停點着頭，同意我的見解，我又道：「你比我早到，又能把我找了來，已經有了什麼發現？」

胡明緩緩搖頭：「我好不容易上了山頂，被人帶了進來，到第二天才見到那醜少年——」

我道：「李規範。」

胡明點頭：「他倒很客氣，而且，他對外面世界的情形，也知道得不少，是一個極其好學又聰明，對於吸收知識充滿了狂熱的一個少年人，懂得極多——」

我補充了一句：「他還有十分高超的中國武術造詣。」

胡明頓了一頓：「這一點我就不知道了，田青絲說這裏的人，都會『飛來飛去』，那自然是武功好的緣故，可是她自己並沒有學會什麼，只是學會了那種奇怪的、緩慢呼吸方法。」

我笑了起來：「那是氣功，只怕也是她婆婆冒了大不韙教她的，那足以令她受用不盡了！」

胡明是考古學家，對武術一道，自然一竅不通，而且也沒多大興趣，所以他立時轉了話題：「我看出李規範對外面的世界，極有興趣，就向他提及了你，問他我是不是可以請你到這裏來。」

我瞪了他一眼：「真好介紹。」

胡明反瞪了我一眼：「也不壞啊，至少，在此之前，隨便你想像力怎麼豐富，只怕你再也想不到，世上會有這樣的一群人在。」

胡明的話自然無可反駁，我道：「現在，隨便我想像力多豐富，也難以想像他們的來歷。」

胡明沉默了片刻，才道：「要弄明白他們的來歷，其實並不困難。」

我緩緩點頭，胡明說得對，線索很多，放在那裏，而且愈來愈多線索。

「永不泄秘」，世上哪裏有真正可以永不泄漏的秘密。

我和胡明在靜了片刻之後，異口同聲地道：「弄明白他們的來歷，並沒有什麼特別的意義——」

胡明作了一個手勢，請我先說，我道：「重要的是，這群人，難道一直照這樣的方式生活下去？」

胡明還沒有回答，門外就有人朗聲應道：「對，這才是一個關鍵問題。」

隨着語聲，門打開，李規範大踏步走了進來。我們正在背後不斷議論他，他突然出現，這多少使我們感到有點不自在。

但是李規範的態度，卻十分自然，而且，神情之間，有一種說不出的興奮。他進來之後，把門關上，空間本來就小，又多了一個人，顯得更是擠迫，我們也更容易感染自他身上散發出來的那種興奮感。

他貼着一道牆站着，但是又在不斷地抬腿、踢腳、揚手、搔背，動作的幅度不大，可是快捷伶俐，看來乾淨俐落之極。

這種小幅度而又極強勁有力的動作，倒有點像廣東武功中的「詠春」，可是又多少有點不同。

李規範向我望過來：「房間小，要在黑暗之中六個人各自施展，而又不碰到別人，也不很容易吧。」

他有向我炫耀的意思，我卻給他潑了一盆冷水：「若是從小就練慣了的，也沒什麼難處。而且，關起門來在小空間中練功夫，練得再精純，也無法和外面廣闊的天地相比的。」

我的話，說得十分直接，已經不能算是借練功夫在暗喻什麼，而是十分明白的了。

胡明還怕我得罪人，不住向我使眼色，李規範一聽，靜了下來，望了我一會，才道：「衛先生說得是，外面的天地……太大了，我們……等於是生活在一個……繭中間一樣。」

我攤了攤手，並不表示什麼特別的意見，他打橫走出了兩步，來到角落處，雙臂張開，手掌抵在牆上，道：「胡博士、衛先生，我有話要對你們說，說的話，已是我所能說的極限，我希望你們別向我提任何問題，提了，我也不會回答的……徒然傷了和氣。」

他年紀雖輕，可是處事分明已十分老練。我早就覺得他有點不平凡，在知道了他竟然是這幫神秘人物的首腦之後，自然更不敢小覷他，沒敢再把他當作是一個少年人。

這時，他「言明在先」，那一番話，倒也不亢不卑，難以反駁。我為了保留一些發問的權利，所以笑了一下：「請你講了才說。」

他笑了一下：「我對兩位是非常尊敬，才會對兩位說這些話的。」

我也笑了一下：「我們對你，也是非常恭敬，才會來聽你說那番話的。」

李規範現出一個十分有興趣的神情來：「衛先生，你真是一個有趣的人。」

我哈哈大笑：「你下結論得太早了，我被人用各種形容詞形容過，但似乎還沒有什麼人說我是一個有趣的人。」

他仍是十分有興趣地打量着我，過了一會，才又變得神情嚴肅，抿着嘴，側着頭，想着。這時，他看來有一種相當的穩重之感，和他的年齡，不是很相配。過了好一會，他才道：「我們這一群人，是在若干年之前，在中國某地，由於某種原因，才來到這裏的。」

他講得極其正經，可是實在抱歉得很，我在聽了之後，卻實在忍不住縱聲笑了起來。他被我笑得十分狼狽，又有點怒意，盯住了我。

我仍然笑着：「好啊，一開始，就有三個未知數，那算是什麼？是一個三元三次方程式？」

李規範沉聲道：「我已在先聲明過了。」

我道：「那也無法使我不發笑。」

李規範抬頭，深深吸了一口氣，看來是在遏制心中的激動——他還要生氣？我最討厭人家講話吞吞吐吐，用許多代號在關鍵上打馬虎眼，所以我變成了冷笑：「如果在永不泄秘的原則下，你不方便講你們的來歷的話，完全可以不說。」

李規範苦笑：「可以不說，我當然不說了，問題是我非說不可。」

我不禁大是訝異：這不是太矛盾了嗎？一方面又是「永不泄秘」，但一方面又是非說不可。

李規範有點不好意思，揭開了謎底：「因為我需要幫助，尤其需要衛先生的幫助。」

他說得十分誠懇，而且一副用心望着我的神情，使我無法再取笑他，我只好做了一個請他說下去的手勢。他又側着頭想了一會，便是在如何才可以盡量把話說得明白一些，把敘述中的「未知數」減少一些，可是一說出來，仍然令人啼笑皆非。

他道：「我們一共是七姓，由於迫不得已的原因，決定遠避海外，約定子子孫孫，再不在人間露面，尤其，絕不再履足中原——」

他講到這裏，神情有點苦澀：「當時，以為中原就是全世界了，以為來到這裏，就真的可以與世隔絕了。」

我點了點頭：「是，幾百年之前，中國人，即使是十分有見識的中國人的世界觀，也是十分狹窄的。」

李規範嘆了一聲——嘆息聲中充滿了憂患，不像是一個少年人發出來的：「當然，傷心人都有不再出世的理由，但是隨着時間的過去，下一代的感情，必然和上一代不同，再下一代，又大不相同，在上代看來，嚴重到了可以斷頭，可以亡命，可以滅族，悲壯激烈，無以復加，彷彿天崩地裂的大事，在後代看來，可能只是哈哈一笑，只覺得莫名其妙。」

李規範的這一番話，聽得我和胡明兩人，雖然不至於聳然動容，倒也連連點頭。

李規範略頓了一頓：「於是，若干年之後，在我們七姓之間，就有了第一次分裂。」

他說到這裏，神情更是肅穆，大有不再想說下去的意思，胡明忙不迭向他討好：「你放心，我們都不會向任何人說起你們的事。」

我立時道：「我不保證這一點，因為我的經歷，我大都會記述出來，不但說，而且化成文字，讓許多許多人知道。」

李規範苦笑了一下，攤了攤手：「我既然說了，就不怕你們轉述，反正事情聽來十分怪誕，真照實說了，也不會有什麼人相信的。」

胡明連連向我使眼色，我假裝看不到，李規範又道：「人的姓氏，代表了這個人的血緣關係……血緣關係還真有點……向心作用，在分裂大行動中，所有姓陳的，都選擇了離開。」

我用心聽着，把他的話整理了一下，本來是七個姓氏，去了姓陳的一族，還有六個姓氏，他姓李，年紀十分輕，就居於首腦地位，推測他的地位之來，是由於世襲的、家傳的，那麼，七個姓氏之中，是應該以姓李的為主的。

我裝着不經意地插了一句口：「不是應該全聽姓李的嗎？姓陳的一家要走，怎麼可以？」

李規範陡然震動了一下，盯着我看了片刻，神色陰晴不定，片刻才恢復了正常：「如果是第一代第二代，自然不可能有這種情形，但第一次分裂，距離第一代，已經很久了，我們七姓之中，只有陳姓善武術，所有人的武術全由陳姓傳授，所以無形之中，陳姓的地位十分高，他們一致要走，力量也就十分大。」

我點了點頭：「姓陳的一族，比其他六族，聰明得多，早早就從噩夢中醒來了！」

李規範醜臉略紅：「我們七姓，歃血結義，情同手足，雖然陳姓一族要走，曾經過激烈的爭吵，但結果，都好來好去，好聚好散，絕未曾傷了和氣。」

我笑了一下，搖着頭：「只怕未必……哪有那麼容易的事，你們這一伙神秘莫測，不知道有多少戒條，走了一個小姑娘，尚且要迫她自殺，整族人離開，還不當作叛變，來個大誅殺麼？當年的腥風血雨，只怕你沒有趕上吧。」

我這番話，一點不留餘地，連珠也似講了出來，在陰晴的關係之下，直聽得李規範一張醜臉之上，一絲血色也無。他張大了口，過了好一會，才道：「你……你……對我們，究竟知道多少？」

我對他們，其實所知不多，只不過是「故事」中看到的那一些而已，但我卻故作神秘地聳了聳肩：「不少，田家走了一個小姑娘，後來被她母親迫死了，是不是？」

常言道「言多必失」，有點道理，我這樣一說，他反倒鬆了一口氣，笑了一下：「原來是這樣，對，田家那女孩在外面生了一個孩子，曾在這裏住了十多年，後來也逃走了，由於她並不知道我們的秘密，所以我們也就由得她去，衛先生，你以為我們是嗜殺成性的邪魔歪道嗎？」

我多少有點狼狽：「手上常戴着有劇毒的戒指，總不免叫人聯想到一些邪派魔教上去。」

我一面說，一面盯着他手上看，他的手上，戴着一隻看來相當巨大，黑黝黝的指環，看不出是什麼質地的。

李規範一挺胸：「我們的祖先，由於處境十分惡劣，無時無刻不準備犧牲性命，所以才有了這種指環，用意是保守秘密。」

我心中暗暗吃驚，倒也不敢再和他開過分的玩笑，因為七個家族，如果不是真的關係重大，是斷然不會人人都隨時準備自盡的。

房間已沉默了片刻，李規範又道：「當年分手，真是十分和平，陳姓人口不多——事實上，我們人口一直不多，在我們的意識之中，都有一種……難以形容的悲劇觀念，我們和普通人不同，只要血脈不絕，可以一代代傳下去，絕不追求人丁興旺。」

我一句話在喉間打了一個轉，沒有說出來，我想說的是：「人多了也不行，只怕這個蜂巢一樣的建築物，會容納不下。」

我沒有說出來的原因，是這句話太輕浮了，我既然知道他們上代的遁世歸隱，有着十分悲壯的原因，自然不應該再說輕浮的話了。

李規範嘆了一聲：「陳姓的一個家長，真是十分有見地的人，那時，大約距今一百年左右，他已經看穿了外面世界的變化，知道我們的武功，雖然可以稱雄江湖，但仍然沒有什麼大用，而且，愈來愈沒有用——」

我揮了一下手：「等一等，有一個問題我非問不可，一定要問。」

李規範停了下來，我道：「你們遁世隱居，可是看來又一直注意着外面世界上發生的事，過去如此，現在也是如此，你的知識，比起歐洲一流大學的學生來，一點也不差，這，好像有點矛盾吧。」

李規範深深吸了一口氣：「我們祖上，在避世之時，就已經立下決心，天下是我們的天下，所以天下事不論大小，我們不論身在何處，明的管不了，暗中必須瞭如指掌，所以，我們不斷有人派出去、回來，把在外面世界發生的事帶回來，也負責要使下一代知道。」

聽得他這樣說法，我和胡明兩人，互望了一眼，都不禁有點發怔。

這個醜少年的口氣好大，或者說，他祖上的口氣好大。

什麼叫「天下是我們的天下」？

我一想到這一點，想起剛才聯想到的一些事，不由自主，點了點頭，更有點可以肯定，這七家，尤其是姓李的，只怕在歷史上，曾有過十分輝煌的往昔，不然，怎會有那樣大的口氣，又會有「老皇爺」這樣的稱呼？

自然，後來他們失敗了，這才遠離中原的。

胡明的口唇掀動了幾下，沒有說什麼，由於這是人家要用性命來保守的秘密，所以我也一聲不出。做了一個手勢，表示我沒有問題了。李規範道：「所以，陳姓族長說，他們離去之後，絕不再言武事，而且，也必定子孫相傳，仍然永不泄秘。他還說，留下的六姓，暫時不走，也必難永遠在這裏住下去，他可以先到外面去，為我們打下根基，他去要求把他一族該得的財寶帶走，但是卻又要求把各姓的先人遺體，一起帶走。」

我和胡明聽到這裏，都現出十分疑惑的神情來，把先人的遺骸，從隱居的海島，帶回繁榮世界去，這種行動的目的何在，是相當難以了解的。

李規範看出了我們心中的疑惑，低下了頭，嘆了一聲：「那陳姓族長是十分深謀遠慮的人，他的意思是，我們在這裏隱居，雖然不和外界接觸，而且憑我們的武功，可以使當地人把我們當作鬼神一樣，敬而遠之，但是這種情形，必然不能長久維持下去的。」

我插了一句口：「能夠維持到今時今日，已經算是奇蹟中的奇蹟了。」

李規範苦笑着：「是，所以他的結論是，到時候，活着的人可以離開，死人卻無法挪移，不如早作打算，來得妥當。當時……他的提議曾引起極其激烈的爭論，因為……因為……」

他講到這裏，又像是不知道該如何措詞才好，想了一想，才道：「因為我們祖先之中，頗有非同小可，轟轟烈烈的大英雄大豪傑在內，人雖已逝，浩氣長存，作為後人，自然要盡一切可能，保存先人的遺體。」

任何人提及自己的祖先之際，總不免會有點自豪感的。所以當我聽到李規範用這樣的詞句形容他的祖先之際，我也並不以為意。可是，當我向他望去，接觸到了他那種異乎尋常的虔敬的神情之際，我不禁心中陡然一動，剎那之間，一樁本來應該毫無關連的事，閃進了我的思緒，令我不由自主，發出了「啊」地一聲。

我站了起來，用力揮了一下手：「結果，陳姓族長成功了，帶走了不少遺體。」

李規範道：「是，連最主要的也帶走了——」

他說了一半，用十分訝異的神情向我望來：「衛先生，你怎麼知道結果的？」

不但是他，連胡明也用奇訝的神情望向我。

我的思緒相當亂，一時之間還難以向他們解釋，只是無意識地做了幾個手勢：「我是猜測，陳姓族長，當然用了葉落歸根，人死了總要歸葬故土這種理由，來說服了別人的。」

李規範的神情依然有點疑惑，望了我一會，又不像少年人那樣地長嘆了一聲。

這時候，我思緒仍然十分亂，心念轉得十分快，而且，把兩件看來並不相關，或根本不知道有什麼關連的事，正迅速地聯結起來！

由於我在思索着，所以李規範接下來所說的話，我也沒有怎麼用心聽，反正他的敘述，也到了尾聲。他道：「陳姓族長走了，聽說，特意打造了好幾艘大船，才把一切東西載走，這是我們七姓的第一次分裂……怪在自此之後，我們再也沒有陳姓一族的消息了。」

胡明道：「他們離開之後，沒有主動和你們聯絡？」

李規範搖頭：「沒有，我們曾派人出去找，可是普天下姓陳的人，何止億萬，上哪兒去找呢？有的推測說在海上遭了意外，也有的說陳姓諸人早就不懷好意，總之，就此音信全無，這事，距離……現在，也將近有一百年了。」

我悶哼了一聲，繼續想自己想到的事。

李規範又嘆了一聲：「陳家走了之後，聽說人心很是浮動，但由於離開了的全無下落音信，所以反倒使也想走的人，不敢輕舉妄動，這種隱居的日子，才又維持了下來，不過已經是極其勉強——」

他講到這裏，頓了一頓，提高了聲音：「而到現在，再也維持不下去了。」

我和胡明向他望過去。在這伙人中，正在醞釀着分裂，這是我一上山來，遭到了突襲之際，就可以肯定的事了，看來，現代社會中，絕不能容許有人作這樣形式的隱居，那是嚴酷的事實，不論昔日的誓言多麼神聖莊嚴，不管往年的決心多麼悲壯激烈，不理傳說的武術多麼出神入化，也就算所選擇的地方是多麼隱蔽，這種形式的隱居生活，也無可避免地受到現代變遷的衝擊。

這種衝擊，看來是無形的，但是力量之大，卻也無可抗拒。

這一次，他們的分裂，一定比第一次還要激烈。

而這時，我也已經把我想到的事整理出了一個頭緒來了。

第十部

把兩樁事聯繫了起來

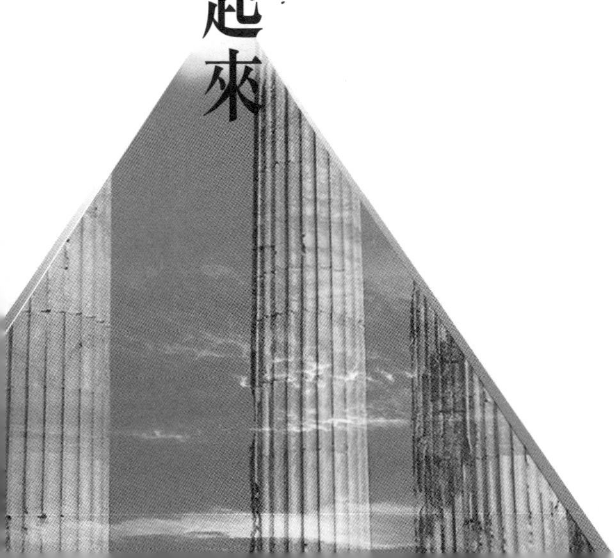

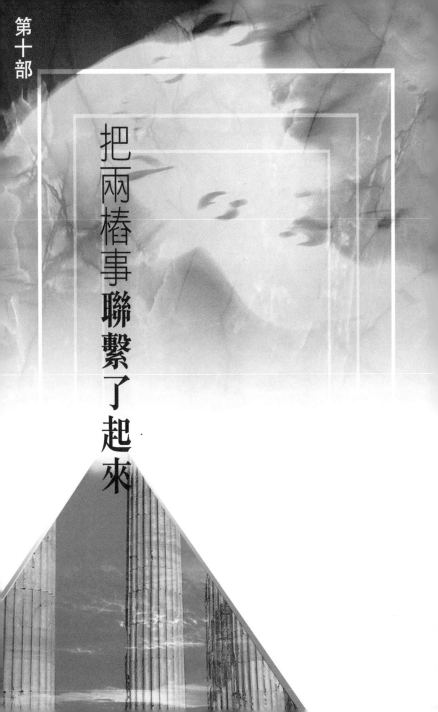

我想到的一切，也不是全然沒有根據的。首先，導致我有這樣想法的，自然是由於這裏的建築，造成了如同蜂巢一樣的六角形。

為什麼把建築物造成這樣子？或許是這七姓家族的愛好，或許是為了適宜於練武術，或許是基於某種信仰上的儀式，也或許是由於紀念一些祖訓，原因可以有很多很多，都不重要。

重要的是：這樣形式的建築物，可以說是世上獨一無二的。

這一點十分重要：這樣的建築物，獨一無二，實際存在於一個海島的一座罕見人迹的山頂之上，而它的圖樣，卻出現在相隔幾千里的一幢古老而怪異的大屋子之中。

陳長青的怪屋中，應該有那樣的一層，可是實際上沒有，而只有圖樣，偏偏在大屋落成的銘記之中，又特地故意地提及有這樣的一層——這一點，曾導致我和溫寶裕、白素作了無數的假設，去推測那「不見了的一層」，究竟是在什麼樣的情形下不見的。

現在，我自然可以肯定，陳長青的屋子，自然根本沒有什麼「不見了的一層」，特地留下了圖樣，故意形成屋子有那麼樣的一層，目的都是一個「啞謎」，謎底是用一種十分隱秘的方式證明大屋和蜂巢形的建築物之間的關係。

關係是極其隱秘的，但也是極其密切的。

關係不想別人知道，但要當時人確知兩者之間有關係存在。

關係有着不可告人的秘密，這種秘密，在當時人之間，總有要互相知道的一天，雙方靠什麼來確認這種關係呢？就靠大屋和建築物之間的聯繫——大屋中有一層是蜂巢形的，這一層，遠在幾千里之外，但原來就是大屋的一部分，兩者應該是相連的。

這就是啞謎的謎底，是要留待後人去猜的。

應該去猜這個謎底的人，當然不是我，而應該是李規範口中的「七個姓氏」的後代，好叫他們憑此取得聯繫。

對了，突然使我想到的，就是由這裏開始：第一次分裂，帶走了大量財寶，和七姓先祖遺骸的陳姓家族，就是陳長青的上代。原是「七姓」中的一分子，在大約一百年之前離開。

陳姓族長離開了海島之後，並沒有回到中國的北方，而選擇了現在建造大屋的地方，為什麼原因，只怕難以查考，他為什麼不主動和餘下的六姓聯絡，也難以查究原因，從他留下了啞謎線索這一點來看，他也絕不是想就此脫離關係的。

肯定了這一點之後，要明白何以我和陳長青之間的關係那麼好，但是陳長青卻一直絕口不提他屋子的古怪處，自然也不難理解，因為「永不泄秘」，是他絕不能違背的祖訓，正如胡明所說，這種祖訓，甚至如同決定他們生活方式的遺傳因子一樣。

那大屋之中，何以有這樣多的珍藏寶物，也不成問題了，那些寶物，一多半只怕全是當年由中原攜帶到海島去，後來又從海島帶出來的，有一小半，可能是進了大屋之後再陸續購買的，自然，也有許多，是陳長青買來的，例如那超過一萬種不同的昆蟲標本之類。

陳長青當然知道自己的家族秘密，這可能令他感到十分困擾和不安，心理上「永不泄秘」的壓力一定也十分大，這多半是他行事方法，有異於常人的原因，而最後，他毅然出世去追求生命的奧秘，卻把祖屋送給了溫寶裕，自然是潛意識中，對「永不泄秘」的祖訓的一種對抗。

他不算是違背了祖訓，但是他一定知道，屋子到了會拆天拆地的溫寶裕手中，他祖上的秘密，自然也會逐步逐步顯露出來的。

至於事情忽然會從胡明博士和田青絲那邊，有了突兀的發展，這一點，自然不是陳長青所能預料的了。

而在大屋的地窖中，有着那麼多靈柩之謎，也迎刃而解：那全是當年陳姓家族帶走的七姓的先人遺體，照李規範的說法是：很有些非同小可，轟轟烈烈的大英雄大豪傑在內！

這是令人相當傷感的話，轟轟烈烈又怎麼樣？非同小可又怎麼樣？大英雄大豪傑又怎麼樣？到頭來，還不都是棺木中的一具屍體？

從X光透視的結果看來，棺木中的屍體，大都身形魁偉，而且陪葬的衣甲物品，都顯示出他們是馳騁沙場的武將，可以肯定他們之中，有的人確曾在中國歷史上寫下過悲壯的一頁！

第十一部

第二次分裂

我把所有的，可能推測到的事，都聯繫了起來之後，心情變得十分輕鬆，伸了一個懶腰，暫且不把我想到的事說出來，只是問：「你們之間這一次分裂的情形怎麼樣？做為首領，你已無法控制了，是不是？不能再令所有人在這裏隱居下去了？」

李規範睜大了眼睛：「衛先生，你錯了，要結束這種隱居生活的一面，以我為首！」

我怔了一怔：「原來是這樣，那就分裂好了，誰願意在這裏繼續生活，我看也不必勉強！」

李規範嘆了一口氣：「問題不那麼簡單，從去年開始，當地政府，駐軍，已開始留意我們，我們的生活方式太奇特，再想和外界不發生任何聯繫，已經是不可能的事，而且，當地政府……並不是十分賢能，我們也沒有必要受他們的鳥氣！」

我點頭：「所以，早一刻離開就好一刻。」

李規範默然片刻，緩緩點頭：「有些人捨不得這建築物，其實是捨不得……捨不得……」

我有點冷冷地：「捨不得祖上的基業！」

李規範又點了點頭，我陡然跳起來，打開門，看到外面兩邊的走廊上，影影綽綽，像是有不少人，我又想起胡明說，這建築物相當怪，只要在門口說話，幾乎每一個角落的人都可以聽得到。

所以，我跳到了門口之後，提高了聲音，叫着：「你們全聽着：不論你們祖先的名字，在歷史上佔什麼地位，你們的祖先，都未曾有什麼基業，要是有的話，何必逃到這裏來！我不管你們的祖先是什麼人，只知道他們全是失敗！失敗了還不夠，還要禍延下代，把下代全都關在這種只有昆蟲才適宜住的屋子裏。」

李規範來到我的身前，臉色蒼白，神情激動，他並沒有阻止我說下去，可能是由於我所說的話，是他心中早想說而不敢說的。

我又「嘿嘿嘿」三下冷笑：「你們只管去恪守永不泄秘的祖訓，事實上，根本不會有什麼人對你們祖上的秘密有興趣！你們關在這裏練武功，當地駐軍如果派一連人來進攻，你們個個都得躺在血泊裏！我提議你們離開這裏，外面世界多麼廣闊，我相信你們一定可以在外面活得很好，而我，也願意盡力幫助你們！」

我一口氣講完，通道中還傳來一陣嗡嗡的回音，然後，我聽到了牛一山的聲音：「願去者去，願留者留。」

李規範朗聲答應：「說得是，這本來就是我萌生去意之後的初衷。」

牛一山的長嘆聲，幽幽傳來，他人在什麼地方，也無法確定，只是他的嘆息聲像是自四面八方傳來一樣，這種嘆息聲，令人感到心情沉重，那是真正的感嘆，感嘆一種曾經輝煌存在過的現象的逝去。

我定了定神，這才宣布：「我也知道，早一百年離去的陳姓一族的下落，別說你們只有一百多人，就算再多十倍，也絕無生活上的問題——」

李規範道：「生活上絕無問題，我們也知道，當年我們祖先帶來的一些東西，全都價值不菲，我們需要幫助的是，怕離開之後，不適應現代社會的生活，所以希望在必要時，可以有人……幫助我們——」

我「哈哈」笑了起來：「放心，你們之中不論什麼人，有事要找人幫忙，找我好了！」

牛一山的聲音又響了起來：「誰願意留下的，請報出名來，我們不違祖先遺訓，才是響噹噹的好男兒。」

接着他的叫聲的，是一片沉寂。

牛一山又叫了一遍，這一遍，他的叫聲聽來已十分淒厲。

可見，「不違祖先遺訓」和「響噹噹的男兒」，顯然及不上可以離開這裏，融進廣闊的天地中去生活吸引人，黑暗之中，整幢建築物內，仍然是一片靜寂。

牛一山的聲音更是尖厲，他又叫了一遍。然後，他縱笑了好一會，笑聲才戛然而止。

在笑聲停止之後，他的笑聲，聽起來已經像是號哭一樣，難聽之極。

當時，誰都沒有想到後來事情會有那麼意外的變化，李規範一聲長嘯：

「既然如此，那就一切全聽我安排了……」

建築物之中，響起了震耳欲聾的轟然答應之聲，和牛一山連問三遍，無人理睬的情形，形成了強烈無比的一種對比。

這種怪異的隱居生活，看來從此結束了。

接下來的幾天之中，發生的一切事，都是在一種狂熱的情緒下進行的，我無法一一記述，只能揀主要的提一下，因為千頭萬緒，實在十分混亂，而且，要了解這伙久經自我禁閉的人的心態，也不是容易的事，他們有些言行，我全然無法理解。

而更重要的，自然是他們仍然緊守着「永不泄秘」的祖訓，和他們講話，不是很能暢所欲言，這又和我們性格不合，所以我也盡量少和他們接觸。

當時，在建築物中，轟然響起了響應李規範的聲音之後不久，就是雜沓的腳步聲，各種雜亂的語聲，情形就像是一個大蜂巢，突然被人自中間劈開來了一樣。

我和胡明相顧駭然，齊聲問李規範：「怎麼了？你能控制局面？」

李規範哈哈一笑，雙手一攤，一副不負責任的樣子：「為什麼還要我控制？從此之後，除了牛一山一個人之外，人人都自由了，從身體上，到心靈上，都自由了！你聽聽，所有的人，甚至都急不及待地奔出屋子，奔到空地上去。」

胡明大喜過望，一伸手，抓住了李規範的手臂：「那麼……是不是自此之後……你們的一些戒條……也不必遵守了？」

李規範道：「戒條太多了，你是指——」

胡明吞了一下口水，轉頭向我望來，我示意他不妨直言，胡明的神情似是十分緊張：「我是說，有人從你們這裏逃出去……不必再……自殺了？」

李規範大笑了起來，甚至笑得前仰後合，一面笑，一面道：「當然不必，如果還要被迫自盡，那我們所有人全都該死了！」

他說着，用力一揮手，斬釘斷鐵地道：「從現在起，我們每一個人都是自己的，和祖先的關係，就和普通人一樣。」

我盯着他：「不要說得嘴硬，你祖先是什麼人，你就不肯說！」

李規範聽得我這樣說，先是一怔，隨即又笑了起來，道：「不是不說，而是我真正認為，不值一提，說來幹什麼？」

我還想問什麼，胡明重重推了我一下，李規範道：「兩位請隨便，我要去看看外面的情形。請衛先生等一會也出來一下！」

不等我再說什麼，他就走了開去，我埋怨胡明：「你撞我幹什麼？我再問他幾句，他就會把祖先是什麼人說出來了！」

胡明笑了一下：「你這人怎麼了？他的祖先是什麼人，還用他說，你還料不到麼？」

我略想了一想：「我是可以料得到的，但總不如聽他自己說了來得好。」

胡明仍笑着：「你太執着了，他都認為自己的祖先是誰不值一提了，管他是誰，和他以後的生活，關係不會太多，幾百年來在這些人身上的噩夢，現在已經結束了。」

我聳了聳肩，就在這時，有兩個十六七歲的少女，一望而知是雙胞胎，穿着鮮紅的衣服，看來十分惹眼，一起嘻笑着走過來，也一起向胡明揮手，大聲叫着：「胡博士，好！」

胡明一面回答着，一面神情充滿疑惑：「你們是——」

那兩個少女十分佻皮地一笑，慧黠可人之極，又齊聲道：「田校長好？」

胡明幾乎直跳了起來，指着她們，一時之間，一句話也講不出來。那兩個少女神情十分高興，不斷笑着，跳跳蹦蹦，走了開去，在她們的動作之中，我可以看出她們的武術根基極好，她們在我身邊經過時，向我作了一個鬼臉，齊聲道：「對不起！」

我怔了一怔：「什麼對不起？」

那兩個少女笑得更是歡暢，她們的動作也是一致的，各自用手按住了心口，簡直笑得有點上氣不接下氣。看她們笑得那麼有趣，雖然給她們的話弄得有點莫名其妙，但也沒有法子不隨着她們笑。

笑了好一會，兩個中的一個才道：「那小鬼——」另一個道：「又壞又膽小——」一個立時接上去：「沒把他嚇死——」另一個道：「也嚇了個大半死——」然後兩個人一起總結：「真對不起。」

她們這種講話的方式，每一個人講半句，可以毫無困難地聯結下去，倒是雙生子之間經常見到的情形，不算是什麼怪異。奇的是她們說的話，我卻全然不知道是什麼意思。

看她們這樣一面笑一面說的情形，我也不禁笑着，忙問：「你們說話，怎麼無頭無腦的，你們是在說什麼啊？」

那兩個少女仍然不斷「咭咭咯咯」笑着，就算再性急想知道究竟，也無法發她們的脾氣，兩人笑着，又向我道：「對不起，真對不起！」

說着，她們已向後退開去，我踏前一步，伸手去抓她們，一面喝：「慢走。」

可是我出手雖然快，她們的反應更快，我手才伸出，兩人已笑着飄開去，齊聲叫：「別問，你自然會知道的！」她們去勢快絕，到最後幾個字時，聲音飄飄忽忽，人竟不知已飄開多遠了。

胡明神情駭然，向我望來：「這兩個小女孩……怎麼知道……田校長？」

他連聲音都在發抖，可知他所受震動之甚，但隨即想到，這伙人的戒律已經不再執行，他才十分舒坦地大大鬆了一口氣，但神情仍然疑惑不已。

我心中也十分疑惑，因為照胡明所說，他和田青絲相識，還是不久之前的事，這兩個紅衣少女，如果是一直在此隱居的話，怎可能知道有「田校長」其人呢？

而且，就算她們經常離開這裏，若不是有意追尋田青絲的下落，只怕也不容易知道田青絲現在是在什麼地方！

我只想了一想，就壓低了聲音：「他們一直在追尋田青絲的下落，而且早就找到她了。」

胡明仍不免有些受了過度驚悸之後的臉青唇白：「是，我想是……而且，你看看……他們，一聲說走，好像立刻就可以融入現代生活之中一樣……只怕他們的隱居……也早已名存實亡，他們一定早已和現代生活發生過千絲萬縷的關係！」

我吸了一口氣，胡明的判斷，自然大有根據：「到外面去看看，李規範剛才曾邀我出去，不知有什麼事。」

胡明直到這時，才算完全恢復了過來，和我一起，一前一後，在狹窄的通道中向外走着。在通道中迎面而來的人相當多，幾乎毫無例外，一發現我們，迎面而來的人就像一陣風一樣，掠身而起，在我們的頭頂躍過去，真像是會飛的一樣。

三五次之後，我實在忍不住，不等對面來的人先掠起，我就提氣拔身，躍掠向前，對面的人也就不再掠起，有幾個，在我飛身掠過之際，還聲音響亮地叫：「好！」

通道十分曲折，很花了一些時間，才出了建築物，到了外面的空地，整個山頂的空地上，熱鬧之極，人來人往，有的在引吭高歌，歌聲聽來十分激昂粗豪，有的在跳一種步伐大而節奏強烈的舞，而那兩個紅衣少女的笑聲，更是不斷傳來，只是她們身形飄忽，不容易找到她們在哪裏。

她們的笑聲忽東忽西，聞之在前，忽焉在後，好不容易在人叢中見到了她們，想盯住她們，卻一下子又失了蹤影，身形靈活巧妙之極，簡直有點神出鬼沒的味道，我也說不上來這是哪一門派的獨步輕功，看來在這伙人之中，也不是人人都會的。

每一個人見了我和胡明，神態都相當友善恭敬，可是又都使人感到有一定的距離。還有許多人，搬抬着很多箱子出來，那些箱子看來都很笨重，式樣質地，我並不陌生，因為曾在陳長青的屋子中見到過。

看他們的情形，竟像是有不少人準備連夜下山的樣子，由此可知，他們之間，醞釀下山，已是很久的事了。牛一山本來可能還有點支持者，但現在已經證明，只有他一個人才願意繼續做那種莫名其妙的孤臣孽子了！

李規範在人叢中走來走去，和每個人交談着，看來正在向各人告誡什麼，我向他走去，他拉住了我的手，把我拉上了一塊大石，朗聲道：「我介紹各位認識衛斯理先生，他答應，我們如果有困難，去找他的話，他會照顧我們。」

眾人都向我望來，發出歡呼聲，我正想客氣幾句時，忽然聽得那一雙紅衣少女的清脆笑聲，傳了出來，在笑聲中，是她們動聽的語聲：「衛先生有時，會自身難保，不知怎麼幫助照顧我們？」

這種話，若是出自別人的口中，那實在是一種明顯的挑戰了。可是出自那一雙紅衣少女之口，卻是叫人覺得有趣，一點也不會生氣。我循聲望去，看見她們兩人，正擠眉弄眼，在向我作鬼臉，我笑道：「對了，外面世界廣闊，人心險詐，風大浪大，誰都難免有閃失的時候，我自身難保時，自然要找朋友照顧幫助，在場各位，就都是我的朋友！」

我這一番話，說得十分真摯，在我講完之後，足足靜了十來秒，才爆發出一陣喝彩聲來，立時有不少人，躍上石來，向我拱手行禮，我要和他們握手，他們有的在開始時，不是很習慣，但是他們顯然都知道有這樣的禮節，也都能在一呆之後，就和我握手。

那些人三五成群，向山下走去，我在李規範身邊沉聲道：「你們是早有準備的了！」

李規範抿着嘴，點了點頭，我沉聲道：「長期來，策劃離開這裏的人，是一個天才的領導人。」

李規範揚了揚眉：「衛先生，你太誇獎我了，有錢好辦事，我們一點也不缺錢！」

我知道李規範是這伙人的首領，但是我在想，他的年紀輕，領導地位自然是由於他上代的關係世襲來的，卻料不到他真有實際的領導才能。這倒很叫我感到意外，他又笑了一下：「我策劃了三年，老實說，通過胡博士請你來，通過田校長請胡博士來，都是我的計劃，田校長畢竟在這裏住過很久，有一半是這裏的人，知道我們有意結束這種可笑的生活，她十分高興。」

我「啊」地一聲：「為什麼選中我？」

李規範道：「第一，我們認為你真的能在危急時幫助我們，第二，由於你的一個朋友，他是——」

我失聲叫了起來：「陳長青！你們早知道……陳長青是陳氏一族的傳人！」

李規範深深吸了一口氣：「是的，我們不能不傾全力去查，因為我們先人的遺體，全由陳姓族長帶走的，他並沒有違背當年的誓言，也沒有泄漏秘密，我們並沒有和陳長青聯絡，他就失蹤了。」

我道：「他不是失蹤——」

我把陳長青的情形，約略和他說了一下：「他把那屋子交給了一個十分有趣的少年人——」

我想起溫寶裕，自然而然，拿他和李規範比較了一下，兩人都差不多年齡，別說一個俊一個醜，外形截然不同，內在更是完全相反！我停了一停：「如果你願意，我相信你們可以成為好朋友的。」

李規範笑了一下：「陳長青有權處置他的屋子，可是我們祖先的遺骸——」

我忙道：「都在極好的保管狀態之中，而且，一定可以繼續下去！」

我在這樣說的時候，想起溫寶裕曾起過要打開那些靈柩來看看的念頭，也不禁捏了一柄冷汗，而就在這時，忽然又聽得那兩個少女的聲音，就在我身後響起，一個道：「那小鬼，最不是東西！」另一個道：「是啊，壞得很！」

我疾轉過身去，她們就在我身後，我竟未覺察到她們是什麼時候接近來的，由此可知她們的行動，是何等的輕巧靈便。

雖然這時天色十分陰暗，可是她們的一身紅衣，還是十分耀目，我心中陡然一動，脫口說：「啊，昔年你們兩人的祖上——」

那一雙紅衣少女不等我說出，連忙各自把手指放在唇上，示意我別說出什麼人的名字來，我也立時住了口，緩一口氣之後才道：「獨門輕功，看來傳女不傳男，全教你們學去了。」

兩個少女「咭咭」笑着，一起躬身：「請指教……我們兩個——」一個道：「我叫良辰！」另一個道：「我叫美景！」

我不禁笑了起來：「好有趣的名字。」

良辰道：「我們媽媽生我們的時候，昏了過去，接生的婆婆老眼昏花，分不清誰先出世，誰後出世。」美景道：「所以我們竟不知道誰是姐姐，誰是妹妹！」

胡明也被她們逗得笑了起來，道：「良辰總在美景之前，應該是姐姐。」

美景一嘟嘴：「美景良辰，還不是一樣？」

我哈哈大笑：「不管誰是姐姐，誰是妹妹，有什麼關係？嚴格上來說，她們根本是一個人。」

兩人眨着大眼睛，望着我，忽然又笑了起來，手拉着手，一溜煙奔了開去。

李規範咕噥了一句：「很沒規矩！」

我道：「真有趣，她們準備——」

李規範道：「她們已申請到了瑞士一家女子學校的學位了——凡是二十歲以下，連我自己在內，下山之後，都盡量就學，不能例外。」

我神情也嚴肅起來：「啊！若干年之後，人類之中，必然多了一批精英分子！」

李規範很有當仁不讓的氣概：「我們會散居在世界各地，但是每年會有一次聚會，衛先生，胡博士，你們如果有興趣，可以來參加。」

我客氣了幾句：「一定，一定！」一面心中在想，我要是真去，只怕不受歡迎，因為這畢竟是他們這一伙人自己人之間的事。

李規範又道：「我第一件要衛先生幫忙的事是，允許我把祖先的遺體，自陳家屋子中搬出來，我已找到了十分好的、隱密的安葬地點！」

我皺了皺眉：「不必多此一舉了吧。」

李規範的神情，卻十分堅決。反正祖先是他的祖先，我自然不必再堅持，也就做了一個無可無不可的手勢。

空地上的人已變得稀稀落落，還有幾個，也正在向山下走去。

李規範轉過身來，向着建築物的大門，先吸了一口氣，然後叫道：「牛大哥！」

在建築物之中，傳出了牛一山的怒吼聲，李規範叫着：「牛大哥，你一個人如何過日子？不如——」

牛一山的怒吼聲傳出來：「誰説我還打算活下去？你這不肖子孫，忘了祖宗遺訓，我無力阻止，只有以身殉道！看你死後，有何面目見祖宗於九泉之下！」

牛一山的聲音，愈來愈是淒厲，我「啊」地一聲：「不好，他要自盡，快把他拉出來！」

李規範搖頭：「來不及了。」

他說着，向前一指，就在那幾句話之間，整幢極大的建築物，幾乎無處不在冒煙出來，冒出來的煙，又勁又直，在大門口，更是蓬蓬勃勃，濃煙像是無數妖魔鬼怪一樣，像外狼奔豕突而出！

這時，東方已現出了魚肚白來，轉眼之間，冒出來的濃煙之中，已夾着火苗，我看到有不少已下了山的人，紛紛奔上來，佇立着觀看，他們的神情之中，雖然有點可惜，但是也不見得有什麼哀傷，顯然他們對這建築物，都沒有什麼留戀了。

火勢愈來愈旺，發出驚人的「轟轟發發」的聲響，映得站在山頂上的人，個個滿身通紅，朝陽恰好又在這時升起，漫天紅霞，在火焰和濃煙之中，看起來更是奇怪之至。

李規範在我身邊道：「這屋子造成這樣，本來就是為了一放火，在頃刻之間，火勢就會蔓延得不可收拾而設計的。」

胡明悶哼了一聲：「哪有人造房子，是為了容易放火而造的？」

李規範的聲音十分平靜：「我們的祖先就是那樣，他們的遭遇太……」他忽然笑了起來：「過去了，噩夢做了那麼多年，也該過去了！」

在他的感嘆聲中，轟然巨響，連續不斷，整幢建築物從六處地上塌陷了下來，六根火柱，沖天而起，火勢更加猛烈，李規範也在這時，轉過身去，再不回頭看一眼，就揮着手，和在山頂上的人一起下山走了。

反倒是我和胡明，在山頂上耽了相當長的時間，一直到火全熄滅，建築物變成了一大堆在裊裊冒煙的，發黑的廢墟。牛一山的屍體當然再也找不到，這一大堆廢墟在山頂上，只怕以後也不會有什麼人特地上來憑弔一番。

第十二部

應該結束了

我和胡明下山之後，在山腳下的鎮市中，再也見不到那伙人的蹤迹，只是有人在議論山頂的「山火」，但也沒有人敢去看一看。

胡明一直在咕噥：「我真不明白，他們要下山，就下山好了，何必要把我牽進去？青絲也是……她寫的故事，原來是特意寫給我看的！若說可以由我牽出你來，我也不明白有什麼作用。」

我笑了一下：「我看為來為去，就是為了那幾十具靈柩，如果不讓我知道來龍去脈，你想，我會讓他們把屋子中的靈柩搬出去嗎？」

胡明一面搖着頭，但又顯然同意了我的說法。他心急到法國去見他的戀愛對象，我也沒有在海島上久留，就逕自回去。在機場，通知了一下白素。

一下機，溫寶裕就向我飛奔過來，神態神秘之極，一面吞着口水，一面道：「那屋子……真是有鬼。」

我瞪了他一眼，他發了急：「真的，真的！那些東西，為什麼會那樣乾淨，是有人在打掃……不，是有鬼在打掃的。」

我再瞪了他一眼，他更加指天罰誓，一面還頓着腳：「真的，我還見到了幾次，有幾次，差點沒叫惡鬼……勾了魂去……那惡鬼……一共有兩個，一身紅，看來像是女鬼，會笑，笑起來，聲音可怕之極……」

聽到這裏，我完全明白了。

良辰美景。

我明白了良辰美景何以向我說「對不起」，何以說「這小鬼又壞又膽小」，當然就是她們，用她們的絕頂輕功在屋子中出入，扮鬼嚇溫寶裕。把對她們祖先遺體多少有點不恭敬行動的溫寶裕，嚇得如今在光天化日的情形之下，也面青唇白。

我不住地笑着，溫寶裕一直在翻着眼，直到我笑得嗆不過氣來，他才惡狠狠道：「報應。」

白素在一旁道：「小寶不是胡説，看起來，真有一點怪異之處——」

我忙向白素使了一個眼色，白素立即會意，不再説下去，溫寶裕嘆着氣：

「那兩個女鬼太厲害，我不怕鬼，可是，好男不和女鬥，好人不和鬼鬥，何況是女鬼，真不知如何才好。」

我拍着他的肩頭：「很容易，把地窖的那些靈柩全搬出去，就會沒有事了。」

溫寶裕眨着大眼睛，一副不明白的神氣，望定了我，我心想，良辰美景兩個小鬼頭，多半對溫寶裕這個美少年很有好感，出自少年人心情的嬉戲，就是有感情的根苗，不知她們出了什麼頑皮花樣，連天不怕地不怕的溫寶裕也要收斂幾分！

後來，我把山頂怪屋子，李規範那伙人的事說給白素聽，又提到了慧黠可愛的良辰美景，白素也笑得喘不過氣來，很贊成良辰美景多多出現。可是，又幾天之後，李規範出現，連夜把所有的靈柩都運走之後，就再也未曾有他們的信息，他們的一伙人，已經十分成功地融進了現代社會之中，而且必然會成為十分出色的現代人！

我破例，過了好久才對溫寶裕提起整件事來，溫寶裕聽得如痴如醉，失聲道：「那……大頭醜少年……姓李的，叫李規範，是不是？如果他祖上事業成功，他……的身分是皇帝？」

我聳了聳肩：「對啊，不過，皇帝也是廢墟中的東西了。」

溫寶裕又接說：「你說那一對愛穿紅衣的女鬼叫什麼名字？良辰美景？名字倒真有趣。」

溫寶裕更感興趣的是：「他們人人都會武功？唉，我這年紀，若是再去拜師學藝，不知道還來得及嗎？」

我大喝一聲：「來不及了！」

溫寶裕搓着手，一副不相信的神色，我不再理他，他又唉聲嘆氣了好一會，才漲紅了臉問我：「要和良辰美景聯絡，有什麼法子？」

我想取笑他幾句，可是被白素的一個眼色止住了。

第十三部

其實還只是開始

這個故事，有長有短，一共分成了十二個部分來敘述，正如第十二部的題目一樣：應該算是結束了。

但是，實際上，卻又如第十三部的題目：其實還只是開始。

當時，我就曾想到過這一點，所以，在李規範一提出來要我幫助，在他們這伙人下山之後，如果有什麼事要來找我的話，我一定盡我所能，幫助他們，原因就是因為我當時就想到了日後必然會有許多事發生之故。

試想想，這些人，超過一百五十個，個個全是身懷絕技的人，雖然他們的一身武功，我用了「廢墟」來作比喻，認為那全然是和時代脫節的一種技能——武功再高，抵不住新式武器的一擊。但是他們畢竟和現代社會脫節得太久了。

雖然李規範說他們一直在留意世界上發生的一切，但是要和時代一起進步，必須每一天每一年都生活在這個時代中，和時代一起成長、前進，而不是派幾個人下山去，再上山來，向關在古怪建築物中的其他人轉述一番，就能使其他人明白的，甚至於，連下山「探聽」的人，就算花上幾個月的時間，只怕連時代進步的脈搏也摸不着，別說感受體會到時代的進步了。

再加上，當他們在群體生活的時候，意識形態，還全然是他們祖上遺下來的那一套，和現代人的生活，全然南轅北轍，格格不入。

這些人中，年紀大的，倒也罷了，至少有「看穿世情」的心態，但也一樣有不甘寂寞的在。年紀輕的，本就不肯安分，再加上一身本領，豈有真正肯把自己當作是普通人的？

而事實上他們也確然不是普通人，不但各有一身奇妙至極、大不相同的武功，而且聰明才智也都在普通人之上，忽然一下子從那麼與世隔絕的山頂之上，融進了廣闊無比的花花世界之中，那情形也就像《水滸傳》一開始那樣，洪太尉一下子揭開了石板，把囚禁在內的一千妖魔，一下子全都放了出來，到了人間，化成了一百〇八條好漢，鬧了個天翻地覆，變得什麼樣的人物全有，什麼樣的新奇古怪事兒，都有人做出來。

自然，開始時並不容易覺察，由於對他們來說，一開始了新的生活，新奇的事物太多，就算內中有一些性子最好動，最不安分的，也能被吸引住，盡量去適應新的、現代的生活。

可是，要不了多久，就漸漸顯出來了。

有的，很快就花完了祖產——古董雖然值錢，但總至少要十對八對上佳的宋瓷花瓶或是明瓷中的精品，才能換到一艘像樣些的遊艇吧！

（愈是和時代脫節的人，愈是一下就容易越過時代的基幹，而走到尖端去。在這個時代長大的人，對「像樣的遊艇」的概念是，二十公尺的，已經很滿足了。但是對不起，對那些人來說，不超過一百公尺的——那算是什麼「遊艇」呢？）

手頭珍珠寶貝再多的，若是到了蒙地卡羅賭場，和歐洲軍火業巨子、阿拉伯油王，甚至日本工業界首腦的情婦，各國獨裁者的什麼沾不上邊的親戚一比，從山上那古怪建築物中帶出來的百寶箱之中的那些東西，雖然不能算是廢銅爛鐵，也就遠遠離開了它們原來的價值。

現代社會是有市場供求率的，古董珠寶市場中，如果忽然多了數以公斤計的古董珠寶求售的話，首先的情形，就是珠寶至多只剩下了本身的價值，古董價值會在無形中消失了，其次，珠寶價值的本身，也會直線下降。

那個曾打過電話給我的古董商，在以後不到一年的時間中，就曾不止一次地向我說過：「不知道發生了什麼事，好像所羅門王寶藏終於被人發掘了出來一樣，古董珠寶市場上，寶石多得……就快比雨花台石還便宜了，以前看了能叫人眼珠都跌出來的寶石，現在可以抓上一把，攏在雙手之中搖晃，聽它們發出的叮叮咚咚的聲響！」

古董商的話，自然誇張一些，可是那伙人手頭的珠寶，能以正常的價格的十分之一銷售出去的，已經算是十分好的現象了。

由於有不少人，是經由我介紹出去給各大古董商珠寶商的，雖然我不是那麼心痛金錢的人，也知道那伙人手上的寶物，全是他們的祖上，並不是很光彩，甚至是用十分殘虐的暴力方法得來的，來得容易去得快，也很合乎「悖入悖出」的原則，但總有點替他們不值，曾勸過他們，不必那麼急於脱手。

可是，對於已學會了揮霍的人來説，我的話怎能聽得進去？

（揮霍金錢，是最容易學會的一件事，只要你對之有興趣的話。）

（揮霍金錢，也是最難學會的一件事，如果你對之沒有興趣的話。）

所以，很快地，那一伙人之中，有的就坐吃山空，要靠自己的本領來謀生了。

而他們有什麼「本領」呢？

他們的本領高強，但這種本領在現代社會中換取金錢的可能性不是太高——當然有，其中有幾個，不但贏得了相當金錢，也贏得了相當高的聲名，他們加入了電影行業之中，輕而易舉，成了「中國功夫」在電影事業中的代表人物。

但更多的人不肯「拋頭露面」，而且，觀念上也抱定了「真人不露相」，自己的一身絕藝，豈能淪落到「街頭賣藝」的地步！於是，那些人就另外設法「謀生」，江湖上自然開始風起雲湧，逐漸多事。

而就算不等錢用，這伙人之中年輕的一代，像李規範，像良辰美景，等等，又豈全是安分守己之輩？自然也不免仗着身手，暗中明裏，多少有點活動，那也很能令本來就不平靜的江湖，變得波濤洶湧。

江湖上本來就臥虎藏龍，有不少英雄豪傑，奇人異士，這些人本來各有各的勢力和活動範圍，現在忽然一下子多了那麼多人物，個個都可以與原來的爭一日之長短，其間奇事疊生，精彩紛異，自然可想而知，更妙的是，挾超特之奇技，一代代相傳，平時絕對深藏不露的江湖異人，真還不算少，世界各地都有——本來就是那樣，誰能想到法國南部的一個小農莊中的一個老頭子，竟然曾是七幫十八會的大龍頭，一身中國功夫，內功、外功，都幾乎到了絕頂境界呢？

本來，這些異人，大都蟄伏不出的了，在逐代相傳的情形之下，武功的境界，自然也只有愈來愈低。但忽然有了這樣一伙「生力軍」，在這伙人的心目之中，武術依然是頭等重要的大事，自然也引得本來已完全在心理上放棄了的那些能人異士，心癢難熬起來，紛紛不甘寂寞，雖未能說是波瀾壯闊，可也真有意想不到之多，和意想不到之怪的事情發生。

我的「廢墟」說法，是不是還能成立呢？在許多事發生之後，我曾這樣問白素。

白素想了一會，道：「有兩種回答，其一，如今發生的那些事，牽涉到的人，雖然都是武學中的奇人，但是他們另有才智，不是單靠武術。其二，平了廢墟，何嘗不能再建造更多更好更新的建築？」

我嘆了一聲，無話可說，情形就像盤古開天闢地之後一樣，那伙人之中，清者上升，濁者下跌，不清不濁的在中間沉浮不定，都各有事故，在他們身上發生。

所以，故事的主幹，應該算是結束了，但是枝和葉，不知道會開散到什麼樣的地步！真正，其實只算是開始而已！

若干時日之後，在某一個特異的事件之中，在一個相當古怪的環境之中，我有機會和李規範單獨相處，有以下一番的談話。

李規範那時，仍然介乎少年和青年之間，可是他卻有很多感嘆：「衛先生，我們那……伙人，沒有給你太多的麻煩吧？」

我據實道：「好說好說，當日在山上，雖然我答應了幫你們，也真的準備幫你們，可是這些日子來，沒有一個人來找過我的！」

李規範的醜臉上，泛起一個自傲的笑容：「這……總算是我們祖上傳下來的傲氣吧，就算是山窮水盡，也寧願求己，不願求人的！」

我悶哼了一聲：「求己總比求人靠得住多了。但是，最近有許多件事發生……我一聽那些事，就知道必定和你們有關——」

我把話說得相當委婉，而且還故意頓上一頓，直視着他。李規範人極聰明，立時就知道我是指什麼事而言的了。

（這些事，可說是相當大的大事。）

他醜臉略紅了一下，道：「我們一下山之後，我……只不過是名義上的……首領，實際上，對……所有人，沒有任何約束力，自然也無法過問他們做了一些什麼。」

我對他的辯解，很不滿意：「我以為當年，七姓共同遠離中原，萬里間關，到海外避難時，應該有一定的誓言的！」

李規範苦笑：「當然有，可是當年的誓言有什麼用？我自己就第一個打破了祖宗的規矩，不再隱居下去，就是我竭力主張的。」

我不禁苦笑了一下：「就算你們……算是一個門派，一派之中，出了為非作歹的敗類——」

李規範一揚手，打斷了我的話頭：「你言重了，『為非作歹』，我們的人還不至於。」

我有點生氣，提高了聲音：「哦，不至於？那麼，照你看來，亞洲某國，為什麼忽然會發生軍事政變，政變的過程，又曲折離奇如幻想小說？」

李規範哈哈大笑了起來：「那算是什麼為非作歹？你忘了我祖宗是幹什麼的了？」

我被他鬧了個啼笑皆非，自然也無法生他的氣，只好道：「對不起，我不知道你祖宗是幹什麼的，你從來也沒有告訴過我，請問，貴祖上是幹什麼的？」

李規範眨着眼：「對不起，不能告訴你，因為我們一開始懂事，就曾立過誓：『永不泄秘！』」

那次談話，當然不止那些，但有的沒有記述出來的價值，也就不提了。

又若干日之後，又能有機會和那一雙來去如飛、行動如鬼魅的雙生姐妹良辰美景見面——當她們在陳長青屋子中任意出沒之際，溫寶裕確然把她們當成了「紅衣女鬼」的。

良辰美景還是那樣喜歡笑，我和她們，和白素，和溫寶裕，和胡說，都參與了一件十分有趣，自然也很離奇的事情之中。

不過，那全然是另外一個故事了。是連什麼時候開始，當時都不知道的。

（全文完）

衛斯理小說典藏版　75

廢墟

作　　者：　衛斯理（倪匡）
責任編輯：　楊紫翠
封面設計：　李錦興
出　　版：　明窗出版社
發　　行：　明報出版社有限公司
　　　　　　香港柴灣嘉業街18號
　　　　　　明報工業中心A座15樓
電　　話：　2595 3215
傳　　真：　2898 2646
網　　址：　https://books.mingpao.com/
電子郵箱：　mpp@mingpao.com
版　　次：　二〇二二年八月初版
I S B N：　978-988-8828-20-3
承　　印：　美雅印刷製本有限公司